MEKTUP YAYINLARI

Yay. Yönetmeni	: Recep Özkan
Kapak-Dizgi-İç Düzen	: İrfan Kahramanoğlu
Montaj	: Özener
Baskı	: Özener Matbaası Davutpaşa Cad. Kale İş Mrk. *No: 201-202 Topkapı-İSTANBUL*
Cilt	: Özener Ciltevi *D.Paşa Cad. Kale İş Mrk.* *No: 201-202 Topkapı-İST*
İlk Baskı Tarihi	: İSTANBUL ARALIK 2010
ISBN	: 978-975-6717-82-0
Mektup Adresimiz	: **MEKTUP YAYINLARI** Daruşşafaka Cad. Aksarıklı sk. No: 4/A Malta - Fatih / İSTANBUL Tel : 0212. 525 27 06 0212. 521 83 10 Faks: 0212. 534 18 71

www.eminesenlikoglu.org
www.radyomektup
e-mail: e.senlikoglu@hotmail.com

Harcandık'tan Sonrası

Bilseydim

— Yaşanmış Hikaye —

Bir aldanışın, bir fikrin romanı

Fatma'ya sevgilerimle

Emine Şenlikoğlu

Emine Şenlikoğlu Özkan: 1953'te Giresun'un Dereli ilçesine bağlı Anbaralan köyünde dünyaya geldi. Daha sonra sırasıyla; Adapazarı Sinanoğlu'na, son olarak da İstanbul'a yerleşti.

Gençlik yıllarında din arayışına girdi, İncil'i ve Tevrat'ı okudu. Daha sonra İslâmî ilimlerde eşi Recep Özkan ve özel hocalardan dersler aldı. Akâid, hadis usulü gibi ilim dallarında kendini yetiştirmeye çalışıyor.

İlk kez 1978'de yazmaya başladı. *Bursa Marmara, Milli Gazete, Yeni Asya* gazetelerinde, *Sur* ve *Ribat* dergilerinde yazdı. 1985 Şubat'ında eşiyle beraber aylık *Mektup* dergisini çıkardı.

1984'te yazdığı *Gençliğin İmanını Sorularla Çaldılar* isimli eserinden dolayı 1985 Mayıs'ında "laikliğe aykırılıktan" iki yılı gözetim olmak üzere 8,5 yıla mahkûm oldu. İki buçuk yıl hapis yattıktan sonra infaz yasasından yararlanarak hapisten çıktı. 163. madde kalkınca kitap serbest bırakıldı.

Ceza evinde yedi kitap yazdı. O kitaplardan, *Burası Ceza Evi* kitabı toplatıldı. (Yazar, *Burası da Cezaevi* isimli yeni bir kitap daha yazdı.) *Biz Bu Vatanın Nesi Oluyoruz, Ben Kimin Kurbanıyım* isimli kitaplarına da dava açıldı ve bunlar da toplatıldı.

Yirmi kadar kitap yazdıktan sonra, Türkçe ve edebiyat dersleri aldı ve ilk kitaplarını gözden geçirdi. Gelecekteki yazarların aynı hatalara düşmemesi için yazar olmak isteyenlere *Beyaz Devrim Kalemle Başlar* isimli kitabı yazdı. Yazarın üç şiir kitabı var. Aynı dönemde çıkan şiir kitapları arasında *Mahkum Duygular* isimli şiir kitabı Türkiye rekoru kırdı. *Yeni Devir* gazetesinde bazı şiirleri yayınlandı.

Şenlikoğlu'nun yazdığı bir piyes sahneye kondu ve sahasında rekor sayılan izleyici kitlesine ulaştı.

Yazar, yirmi yaşından sonra ilkokulu, kırk yaşından sonra da ortaokulu ve İmam Hatip lisesini dışarıdan bitirdi. Kırk sekiz yaşından sonra üniversiteye gitmek istediğinde, başörtüsü yasağına takıldı. Fakat bu alandaki mücadelesi de devam etti.

Çok kez yargılandı.

Çarşaflı olarak televizyona çıkışından, *İslâm'da Erkek* kitabından *Kadınları Kadınlar da Eziyor* romanına kadar birçok konuda hakarete varan eleştiriler almasına rağmen dik duruşunu korumaya devam etti.

Yurt içi ve yurt dışında birçok konferans verdi, radyo programları yaptı.

İki çocuk annesi olan Emine Şenlikoğlu'nun 1984 yılından itibaren yayınlanan eserleri şunlardır:

1. SERİ:

"GENÇLİĞE HATIRAMDIR"

1- Gençliğin İmanını Sorularla Çaldılar
2- Bize Nasıl Kıydınız
3- Mahkum Duygular
4- Burası Cezaevi *-Toplatıldı-*
5- Burası Da Cezaevi
6- İslam'da Erkek
7- Ne Olur İhanet Etme
8- Ülkemi Arıyorum
9- Biz Bu Vatanın Nesi Oluyoruz
10- Ruhumun Penceresi
11- Kelepçeli Kalemimden
12- Ağlatan Yollar
13- İnsanlar da Kayar
14- Telefonla Röportaj
15- Önce Soru Sorarlar
16- İsimsiz Kitap (Hiciv)
17- Vicdan Azabı
18- Maria
19- İdamlık Genç

2. SERİ:

"İNSANLIĞA ÇAĞRI"

1- İnsanlığın Belgeseli
2- Kıbrıs Sular İçinde Bir Yetim
3- Ben Kimin Kurbanıyım
4- Geri Tepen Kurşunlar
5- Radyo ve Basın Röportajları
6- Televizyon Röportajları
7- Uzaktaki Çığlıklar
8- Geçmişin İzleri
9- Sabıkalı ve Dul
10- Çingene
11- İmamın Manken Kızı
12- Son Pişmanlık Fayda Eder
13- Çin İşkencesi
14- Kadınları Kadınlar da Eziyor

3. SERİ:

"NESİLLERİN ÖYKÜSÜ"

(7'den Yetmişe Herkes İçin)

1- Şirin Köy
2- Küçük Kız
3- Küçük Kelebekler
4- Yılan Yavrusu
5- Kırmızı Elbiseli Kız
6- Satılık Çocuk
7- Topal karınca
8- Küçük Kızın Umudu
9- Hayâl Çocuk
10- Konuşan Serçe
11- Kardeş Sevgisi
12- Depremin Ardından
13- Ağlayan Köpek
14- Ali'nin Dünyası

15- Anne Büyüklere
Bir Şey Söyle
16- Baba Sen de
Bir Şeyler Söyle

Not: Nesillerin Öyküsü serisindeki öyküler birbirinin devamıdır.

4. SERİ:

"SEVGİNİN SESİ"

1- Hristiyan Gülü *Roman*
2- Harcandık *Roman*
3- Çağrı *Anılar, görüşler*
4- Bunalım *Fotoğraflarla Öykü*
5- Sevgide Hiç Vefa Yok mu? *Roman*
6- Esir Evliler *Roman*
7- Bir Adımlık Koşu *Şiir*
8- Beyaz Devrim Kalemle Başlar *Deneme*
9- Bilseydim

5. SERİ:

"BİLGİ SERİSİ"

1- Kılavuz: İslâm'ı Doğru Anlamak 4 Cilt

6. SERİ:

"CİVCİV AİLESİ"

BEYAZ SERİ

1- Civciv Ailesini Tanıyalım
2- Özür Dileyen Civciv
3- Karşılık Beklemeyen Civciv
4- Soru Soran Civciv
5- Hastalanan Civciv Çimiçimi
6- Civcivin Rüyası

"CİVCİV AİLESİ"

MAVİ SERİ

1- Civciv Ailesi Kır Gezisinde
2- Suya Dalan Civciv
3- Civciv Ailesi Yardım Ediyor
4- Eşyasını Kaybeden Civciv
5- Civciv Ailesi Dağılıyor
6- Çimiçimi Meşuy Oluyo

Harcandık romanı piyasaya çıktığı dönemde, sesinde yangınlar hissedilen romanın kahramanı duygularını dile getirdi.

"Hocam ben, Harcandık romanındaki Musa. Arkadaşına kurşun sıkacak kadar şerefsizleşen Musa!" Sizden sonra neler oldu neler!

Romanımızı gözyaşları içinde okudum.

Yanardağlar içime göç etti... İnanın bir haftada saçlarım bembeyaz oldu. Dehşet verici aldanışta meğer ben yalnız değilmişim. Keşke o koyu ve kezzap karanlığı yaşamasaydım da nasılları da bilmeseydim." dedi.

Musa'nın bu sözleri, ziyaretime gelen Güney Doğulu Ahmet'in feryadını hatırlattı bana. O diyordu ki; "Siz neler yaşadığımı bilmiyorsunuz. Girdiğim gizli örgütte 'Allah rızası için...' diye elime silah verdiler. Halbuki Allah'a saygıları yoktu onların. Ve biz öldük. Ve biz, tanımadığımız kişilerin siparişiyle kardeş öldürdük. Hiç bilmediğimiz korkunç oyunlar dönüyor bu ülkede..."

Evet, Ahmet böyle söylemişti, ama ben Ahmet'e inanamamıştım.

Bir de okuyucum vardı. Her kitabım çıktığında hemen okur, bazı yerlerini çok beğendiğini, bazı yerlerini beğenmediğini belirtirdi. Günü geldiğinde askere gitmiş, oradan telefon açmıştı bana. O da diyordu ki ağlayarak: "Hocaaaam, Hocam! Bu nasıl iş Hocaaam! Ben delirmek üzereyim, komutanımız bize köy yaktırıyor." diyordu.

"Müslüman, komutanı yanlış bir iş yaptırırsa ona uymaz" desem de, asker ağlıyor; "Komutanımız, durup dururken bize adam öldürtüyor," diyordu, ama ben inanamıyor, "Hiçbir komutan bu kadar alçak olamaz. Bu kardeşim herhalde kâbus görüyor," diye düşünüyordum.

O er'e inansaydım, köy yaktıran, masum vatandaşı öldürme emri veren "o vatan haini komutana sık kurşunu," derdim.

O er'e inanmadım, inanamadım. Böylesine canavarların, koca orduda bulunması da, varsa yakalanmaması mümkün değildi bana göre!

Musa'dan kulakları akla ziyan halleri duyan bir yazar olarak, Harcandık romanından sonra yaşadığı her şeyi yazmasını istedim. 'Yıldırım'a aşık kız kardeşi ne oldu'dan, Ayşe'ye kadar ve de bilmediğim ne varsa hepsini yaz,' dedim. "Ben zaten yazdım, ama Çin İşkencesi uslubuyla yazdım, olur mu?" dedi. "Yazmışsınya, nasıl yazmış olursan ol benim için çok değerli." dedim.

Hikayeyi yazan bir yazar olarak, Harcandıktan Sonra, neler olup bittiğini, Musa'nın, neden bir haftada saçlarının beyazladığını merak etmiştim.

Çünkü Musa diyordu ki:

"Birileri, bizim gibi aldanan gençleri üçe böldü. Bir kısmımızı öldürttü, bir kısmımızı katil yaptı, bir kısmımızı da 'Size hayat vereceğiz' diye İslâm düşmanı yaparak, başka açıdan karanlığa gömdü."

Musa'ya bu sözleri söyleten hayat acaba nasıl bir hayattı?

Merak ediyorsanız buyurun.

Emine Şenlikoğlu
8. 10. 2009 Almanya

İnsanın kendine gelmesi önemli fakat,
kendinde kalabilmesi çok daha önemlidir.

I. BÖLÜM

Kaçış

Elimdeki silahı ona doğru doğrultmuş halde gördü beni. Kaç yıllık arkadaştık, inanamıyordu. Yalvarmaya başladı:

"Dur! Dur benim biricik kardeşim. Kardeş katili olma... Yapma ne olur Musaaaa! Kıyma kardeşine... Yakma beni. Katil olma. Kendine gel ne olur Musa'm! O liderine aldanma. Ben ölür giderim, gün gelir aklın başına gelirse yanarsın Musa. Benden beter ölürsün bir hayat boyu. O adama aldanıp illa beni öldürme kararı almışsanız, ne olur, beni sen değil başkası öldürsün. Beni öldürmen seni de öldürür. Ne olur bana kıyma... Bana inan!" dedi bağıra bağıra. Ve ısrarla, "Bize, birbirimize vatan haini, casus gibi iftiralarla bakmamızı sağladılar. Bana inan ben vatan haini değilim" diye feryat ederek inledi, ama onu dinlemedim.

Şartlanmıştım bir kere, ona inanabilir miydim? Ben

benden çoktan gitmiştim. Kendi din kardeşime düşman olmuş, asıl düşmanları dost bilmiştim. Kulaklarımdan gitmiyor onun yalvarması. "Yapma, ne olur, ben ölür giderim, gün gelir aklın başına gelirse yanarsın Musa!" deyişine aldırış etmeden kırılası ellerimle ona sıktım kurşunları. O yalvardıkça daha çok kinleniyordum. O nasıl aldanıştı Allah'ım! Ölseydim de ben o cani halimi görmeseydim. Demek insan böylesine aldanabiliyormuş ha! Ve ben bunu kendimle anlayacakmışım.

Nasıl oldu, nasıl aldandım? Bu aldanışımın intikamı büyük olmalı. İçimden gelen öteki Musa'nın sesi, "Göreyim Musa seni, binlerce gencimizi aldatan iç ve dış düşmanlara karşılık, sen de binlerce genci aldanmaktan koru. Çok çalış, internet sitelerine akıllıca yorumlar yaz, kitap yaz... Öğrencilerini öyle yetiştir ki, yanlışa aldanmasınlar." diyordu.

Kendimi motive ediyorum. Ne yapayım dostlar, bana, Allah'tan sonra en yakın olan benim. Kendimi ikiye böldüm. Biri aldanan cahil Musa, biri pişman olmuş, aklı başına gelmiş, bilinçli Musa. Bilinçli Musa olup cahil Musa'yı adam etmeye çalıştım ve çok şükür başardım da. Aynaya bakıp kendimle konuştum. "Hadi aslanım! Kendini bırakma. Bir Yıldırım öldürdün, onun adına da kendi adına da binlerce Yıldırım'ı dirilt, uykularından uyandır." dedim hep. Kendime böyle teselli vermeseydim, nasıl yaşardım? İnsan çocukluk arkadaşını öldürür de, sonra mutlu yaşayabilir mi?

Şimdi düşünüyorum da, dinden çıkmak isteyen çıkardı. Onları korumak ve öldürmek benim vazifem miydi?

Arkadaşım vatan hainliği mi yapmış? Bir delilim varsa polise ihbar etseymişim. Bizi, "ülkenin tek sahibi sizsiniz." diye inandırdılar. Tartamıyacağımız türden motivasyonla yönlendirildik, verdiler gazı verdiler gazı, öylesine bize, bizim güçlü olduğumuza inandırdılar ki, her birimiz ülkeyi kurtaracağımızı zannediyorduk, sonra özelden genele geçiyorduk, böylece, ülkeyi biz kurtarırız sandık birer birer.

Daha işin başındayım. Şurda en fazla bir saattir yazıyorum, konuyla yüzleşince kollarımda can kalmıyor, kendime moral veriyorum, "Binlerce genci kurtaracaksın." diyorum. İnsanın kendine telkini de işe yarıyor.

Vicdan azabı çekmek gerçekten ölümden zormuş. Hiç ölmedim ama ölüm acısını biraz tahmin edebiliyorum. Rüyamın etkisi belki, üç kez ölmüştüm rüyamda. Ben en sevdiğim arkadaşımı, "O vatan haini gizli bir casus" dediler diye öldürdüm. Onu öldürdükten aylar sonra anladım ki, İslâm'ı kullanan bir derin devlet örgütünün oyununa gelmişim. Dış bağlantılı, ama içte yaşayan bu kitapsız örgüt mahvetti beni. Yıldırım bana yalvarırken ona kurşun sıkmam var ya, o vicdan azabına eş bir acı düşünemiyorum. Bu vicdan azabı beni delirtecek biliyorum. Malcolm X'i vicdan azabı kendine getirmiş. Hz. Ömer'i de...

Zihnimden Yıldırım'ın yalvarışlarını sildirmem mümkün olsa sildireceğim. Yalvaran bakışlarında alev vardı adeta. Canım arkadaşım, Yıldırım! Gözlerimden yaş akmadan ancak bir iki sayfa yazabildim. Sensiz nefes bile alamıyorum.

Allah'ım! Ne olur pişmanlığımı ona bildir. Benim selamımı söyle ona Rabbim! Her şeyi sen biliyorsun, nasıl pişman olduğumu, yıllarca nasıl gözyaşlarımla senden af dilediğimi! Onu anladığımı, oyuna geldiğimi de anladığımı ona ilet Rabbim. İnanıyorum ki, sen onu cennetin en güzel yerine koydun.

Evet, Yıldırım o cennetin en güzel yerindedir de, sen ne yapacaksın Musa? Hem sen cennete gidebilecek misin, katil katil geber sonra cennet iste? Yoo, ben tevbe etmiş bir kulum, pişman olmuşum, binlerce kez tevbe etmişim. Hem hiçbir kul Allah'ın affedemeyeceği günah işleyemez, denmiyor mu İslâm'da. İş, hatayı görebilmekte, tevbeyi güzel yapmakta değil mi?

Allah'ım! Beni bana bırakma! Sen lütfundan ikram eyle. Eğer sen yüreğimi iman ve ilim ile diriltmezsen, kendimi aşağılamaktan, kendime diriliş fırsatı veremiyeceğim.

* * *

Zor... Vicdan azabına rağmen, insanın kendini teselli etmesi ve hayata döndürmesi çok zor. Bu hem ilim hem de büyük yürek istiyor. Beni yaratana şöyle dedim hep: "Sen nasıl uygun görüyorsan öyle yaşat beni." Demekki Rabbim beni sevdi. Sevmeseydi, beni iman üzere tutmaz, inancımı çeker alırdı benden. Ve hâlâ İslâm diyebileceğim gücü kuvveti vermezdi bana.

Vayy batıl zihniyet vayy! Sen ne kadar acımasızmışsın böyle! Sen ne canavar mışsın? Ne canlar yaktın yaktırdın.

Haa, hemen şunu yazmalıyım.

Bizim arkadaşlarımızın birinin adı İbrahim'di. Geçen hafta İbrahim'i gördüm. Sararmış solmuştu. Çiğ köfte partisinde karşılaştık. İbrahim hoşsohbet, çok zeki, hayallerine yetişemediğimiz biriydi. Her zaman, "Yahu şu derin devletçilerin arasına giripte ne halt yediklerini öğrenemedik! Bize yazıklar olsun!" diyordu. Nasıl başarmışsa başarmış, onların aralarına girmiş. Duydukları onu şoktan şoka sokmuş. Bir defasında elli kişilik toplantıda, (içlerinde bazı generaller, umulmadık gazeteciler, yazarlar, hatta ilahiyatçılar bile varmış. İbrahim, "Bunlar şeytandan daha şeytan" diyor, duyduklarını hayretle anlatıyordu. Biri çıkmış şöyle demiş:

-Arkadaşlar ne yapıp edip dünya kamuoyundan artı puan alan Muhammed'in kendisinden onbeş yaş büyük üç kez evlenmiş dul kadınla evliliğinin gerçek olmadığını, Hatice'nin genç kız ve aynı yaşlarda olduğunu yazalım. Turan Ağabey bunu yapmıştı hiç cevap veren olmadı.

Biri çıkıp itiraz etmiş:

"Aman efendim! Bunu halka yutturmamız mümkün

olmaz. Muhammed ile Hatice'nin arasındaki yaş farkı bütün İslamî kaynaklarda var"

Aynı şahış:

"Olsun arkadaşlar olsun. Allah da her kaynakta var ama milyonlar "yok" telkinine teslim oldu. Biz sık sık işleyelim, göreceksiniz bize inananlar çok olacak. Filan filan yazarın kitaplarına basalım milyonlarca doları, ona bu konuyu işlemesini söyleyelim. Onlar, biz ne dersek onu yaparlar."

İbrahim aylarca sarhoş gibi gezmiş. İlk günlerde benimle konuşmaya korkuyordum. Tuvalete gitmişti. Bir gitti gelmek bilmedi. Yaklaşık yarım saat orda kaldı. Tam kalktım ona bakmaya gidecektim ki geldi.

Yanıma oturdu, cebime birşey koydu, bunu farkettim. Baksam bakamadım. Elimle şöyle bir yoklama yaptım, dedim "bu bir mektup." Eve zor geldim. Merakla açtım mektubu. Bir de ne okusam iyi! İlginç bir örgütün içindeymiş. Bu örgüt akıl almaz işler yapıyormuş. En samimi dindarları, eğer o dindarlar İslâm'a hizmet ediyorlarsa, vatan haini olarak el altından ona düşman ediyorlarmış sıradan Müslümanı. Kararlar alıyorlarmış, şu şu isimleri susturalım, şu şu isimleri hapse attıralım, diye. Avrupa başörtüsünü yasak etsin diye domuz bağı ile adam öldürüp, sonra o vahşi öldürme tarzını Müslümanlar üzerine atıp, Avrupalılara korku vermişler. "Aman Müslümanlara fırsat vermeyin, onlar sizi de öyle yapacak." demişler. Cinden olan şeytanın dahi aklına gelmez bu alçaklık.

Birinde İbrahim'i görevlendirmişler. Yüzlerce siteye İngilizce e-mail atmasını istemişler. Hem de, "Ben Müslümanım, güçlenelim, ilk işimiz sizi ortadan kaldırmak olacak, de..." demişler. İbrahim de devamlı verilen görevi yerine getirmiş olarak görünmüş... Yani anlıyacağınız kendi kendini İslâm'ın casusu yapmış. Onların içyüzlerini öğrenmiş ve hâlâ öğrenmeye devam ediyormuş.

"Akıl almaz planlarını, ancak Allah yardım ederse bu millet öğrenir. Ne olur ayrı ayrı ama aynı çizgide çok çalışalım. Ufak tefek ayrılıklar yüzünden salak salak Müslüman Müslümana kin beslemesin." demiş mektubun sonunda.

Şok oldum. Hem olaylara hem de İbrahim'in zekasına. Nasıl başarmış bilmiyorum. Ama öğreneceğim inşaallah.

Beni hangi zihniyetin aldattığını anlamak beni şok etmişti, ama, İbrahim beni ayrıca şaşkına çevirdi. Acaba, diyorum, İstiklal savaşını isteyenler de aynı zihniyette miydi? Müslümanları Sarıkamış'ta Çanakkale vb. yerlerde öldürmek için, düşmanı davet ettiler de, düşman görevi bitince ülkemizi terk mi etti? Biraz komplo teorisi oldu ama, ne yapayım? İbrahim'in anlattıkları beni böyle düşündürdü.

Şüphen mi var salak Musa!

Hâlâ acabalarla mı yaşıyorsun!

Kendime çok hakaret etmek de canımı sıkıyor aslında.

Ama birgün gelecek, bu yönümü düzeltecek, kendi gözüme girmeyi, kendime değer vermeyi başaracağım. Tabiî bunu ben yapamam, bunu Rabbim dilerse başarırım ancak.

* * *

Bazen hergün, bazen haftada bir yaşadıklarımı yazacağım size. Allah'a söz vermiş bir kulum ben. En az üç-beş bin gencin şartlanmasını engelleyecek çalışmalar yapacağım. Eğer ben aldanışımı ve pişmanlığımı güzelce yazmayı başarabilirsem... Acaba bu yazdıklarımı kaç insan okuyacak? Onu bilmiyorum, ama okuyan herkesten rica ediyorum, bu satırlarımı en az onar kişiye okutun ne olur. Emeklerimizi değerlendirin. Bir insanın emeği, öteki insan olmazsa daha öteki insana ulaşmaz. Umudumu harcamayın ne olur! Ne demişti Hocam, bir insanın emeklerinin harcamasına tahammül edebilirim belki, ama umutlarının harcanmasına asla.

* * *

Yıldırım'ı gördüm rüyamda. Gerçi her gece görüyorum da, dün gece biraz farklıydı.

Cennet, yedi kat semanın üstündeymiş.Yıldırım da bizim göğe kadar inmiş, bana cennet çiçeği atıyordu. O çiçek atıyor bana, ama başkaları alıyordu. Birini de uçan bir karga aldı. Bazıları bulutlara takılı kaldı. Yukarıya doğru baktım, bulutların arasından yüzünü gördüm. "Üzülme, seni affettim." diyordu.

Umutlarım rüya sahnesiyle bana sinerji olarak geri dönüyor galiba.

Ya gerçekse?

Olamaz mı?

Neden olmasın! Bazı rüyalar haktır. Yoksa, Rabbim beni affetti de, Yıldırım'a çiçek verdirerek mi bu mesajı bana verdi! Olamaz mı, olur tabii. Yüce Rabbimiz nelere kadir değil ki?

Rabbim sabır veriyor. Yoo, rüya tabirinden anlarım, bu rüya Allah'ın mesajı olamaz. Öyle olsa, başkaları almaz çiçek bana verilirdi. Bu rüya bilinçaltı. Ama yine de güzeldi.

Rabbimin bu tür ikramları da olmasa, ben, alev alev yandığım hayatı nasıl tekrar delirmeden yaşayabilirim ki?

Gözü kör olsun cehaletin. Onlara inanmama sebep oldu. Eğer bizler, kişisel gelişimimizi daha bilinçli bir şekilde yapabilseydik, şu birilerinin gaz verme olayına gelmeseydik... Derin devletçilerin akıl almaz çalışmalarını idrak etseydik... İslâm'ı en tepesinden en alt elementine kadar her şeyini iyi bilseydik, her şey çok başka şey olurdu. Özellikle İslâm'ın görüntüsünde, sonra farklı şekilde değişen bir dialektik sistem vardır. Bu sistemi ne yapıp edip gençliğe anlatmalı. Bu ülkede canilerin meleklermiş gibi görünmelerinin önüne geçilmeli. Daha ilkokulda aldanmamak gerektiği, çocukların kapasitesine göre anlatılmalı.

Arkadaşım İbrahim çok dehşet olaylar anlatıyor.

Birgün toplanmışlar, "Hemen birilerini ayarlayalım.

Bizim gençlerden olsun, oruçlu görünsün, öteki de onu dövmüş olsun. Millete Müslümanları korkunç tanıtmazsak, bunlar iktidara yürüyor. Onlar bizi kesmeden biz onları kesmeliyiz," demişler. İbrahim artık dayanamamış. "Acaba inandırıcı olabilir miyiz, tarihte Müslümanların insan kestiği görülmüş mü? Görülmüşse o insanları gündeme taşıyalım." demiş. Çıldırmışlar. "Gerek yok! Öyle bir olay yoksa da biz yaratmalıyız. Gerekirse Kerbela'yı kullanırız. Halk zaten aptal, tutup da araştıracak değil ya. Sivas Madımak otelinde 33 solcuyu Müslümanlar öldürdü, diye nasıl yutturduk?" diyerek kendileriyle övünmüşler.

* * *

Babam çok farklı bir insan. Bunu 'Harcandık' romanını okuyan anlamıştır. Bir duymuş ki, öğrencisine tecavüz eden bir öğretmen, kendisi rüşvetle aklatıp tekrar göreve başlamış. Bunu duyunca, "Benim oğlumun yüz kızartıcı bir durumu yok, o, aldandı ve aşırıya kaçtı" deyip kolları sıvamış.

Ne yaptı, nasıl yaptı hâlâ bilemiyorum.

Arkadaşım Yıldırım'ı öldürdükten sonra akıl hastanesinde yattığıma dair bütün delilleri yok etmiş. Onun sayesinde şu anda öğretmen olarak görev yapıyorum. Bazen vicdanlar kanun olmalı. Ben eminim ki öğrencisine tecavüz eden öğretmenin babası babam olsaydı, onu asla öğretmen yaptırmazdı. Fakat benim durumum farklı.

Binbir hayallerle öğretmen oldum. Yıldırım'ın da hayalleri vardı. "Öyle bir öğretmen olacağım ki, öğrencim okula koşarak gelecek, zevkle gelecek. Ders verirken, arada fıkra anlatacağım, bazen bir kavram bazen bir deyim ezberletip onları tam tahsil görmüş öğrenci yapacağım," diyordu.

"Liseyi bitiren birçok öğrenci, hâlâ kavramla terimi, deyimle atasözünü karıştırıyor. Benim öğrencilerim her yerde ayırdedilecek." diyordu.

Olmadı...

Ben seni engelledim canım kardeşim Yıldırım!

* * *

Aslında nasıl yazayım bilemiyorum. İyileştikten sonra, ilk kez ders verdiğim günden bahsedeyim. Lise öğrencilerine ilk dersi nasıl verdiğimi anlatayım. O gün ağlayarak şunları söyledim öğrencilerime: "Beni dikkatle dinleyin gençler! Ben size çok önem veriyorum, siz de bana ve anlattıklarıma önem verin. Ben çok büyük bir uçurumdan yuvarlandım. Ölmedim, ama çok acı çektim. Sizlere öyle öğretmenlik yapacağım ki, Allah izin verirse, sizi kendiniz hariç hiçbir cinsin şeytanının uçurumun kenarına getirmeye gücü yetmeyecek.

Bizler ergenlik döneminde yanlışlar yaptık. Belki de bu dönemi nasıl geçiştireceğimizi bilmediğimizdendi. Ve yine, din adına, millet adına bize tuzak kurup, kendi sapık zihniyetlerine bizimle hizmet ettiklerini bilmediğimizdendi.

Gençler!

Bugün sizinle ilk kez ders yapıyor, bu sayede tanışıyoruz. Size ilk sözüm şu olsun. Bana her derdinizi söyleyebilirsiniz. Ben, sizin için yaşamaktan zevk almaya çalışacağım. Bir arkadaşımı kaybettim, inanın her birinizi onun yerine koyup sizleri manen dirilteceğim ve sizin herbiriniz hayatınızda hem başarılı hem tahammüllü olmayı başaracaksınız. Hiç kimseyi, Allah'ı sever gibi sevmeyecek, hiç kimsenin oyununa gelmiyeceksiniz."

Beni çok içten dinledi öğrencilerim. Zaten şunu anlamış bulunmaktayım, hocanın bağrında bir ateş varsa, öğrencinin gözlerine, ruhuna ışık olarak yansıyor o ateş. Bir şekilde öğrenciye yansıyor. Öğretmen candan olursa, en azından o candanlığı anlayan oluyor.

Öğrencilerime ders verirken daima şunu söyledim; "Unutmayın gençler! İslam, birisi yanlış inanıyor diye öteki ferde onu öldürme hakkı tanımaz. Ne olur, sakın kimselere aldanmayın."

Bu konuyu öyle çok işlemişim ki, öğrencilerimden Aslı, birgün dersten sonra yanıma geldi. Şaşkın halde sordu bana:

— Hocam! Biz birilerini öldürmeye mi gidiyoruz? Size öyle mi görünüyoruz? Neden, aldanıp insan öldürmenin yanlışını sık sık işliyorsunuz? Aldanış sadece insan öldürmekle mi olur? dedi gayet zekice.

Vaay! Demek ben olayları genelleştiriyorum. Demek

ben düzgün düşünebilme yeteneğimi kaybettim. Ya da Aslı bilmiyor dünyada neler olduğunu. Sordum:

— Aslı, 1980 ile 1999 yılları arasında kaç insan öldü biliyor musun? Bilinen otuz bin kırk bin, bilinmeyenlerle beraber bence elli bin, altmış bin insanımız öldü. Ve bu da şu demektir, bu altmış bin kişi en az otuz bin kişi tarafından öldürüldü. Hadi biraz toplu ölümleri hesap edelim de bu rakam yirmi beş bine insin. Şu an ülkemizde en az yirmi beş bin katil var ve bunlar iyi bir iş yaptıklarına inanıyorlar. İşte bu inanış, cinayetlerden bile daha kötü.

Aslı yüzüme baktı. Gözleri soru doluydu:

— Fakat Hocam, bir takıntı halinde anlatılan her şey, inandırıcılığını kaybeder. Siz doğru söylüyorsunuzdur belki, ama bunu zamana yaymalısınız. İyi günler Hocam, deyip sınıftan çıktı.

Arkasından mırıldandım:

— İyi günler Aslı.

Aslı çıktıktan sonra masama geçtim.

Sınıfta kimse yok ya. Bir başladım ağlamaya, dakikalarca kendimi dindiremedim.

Öldürmenin vicdan azabı, meğer ne kadar büyükmüş. Hele de o ölen masumsa... Ben çocukken biri bunu bana söylemeliydi. Sadece bunu değil, kendi milletime karşı kin ve nefret duygusu beslemimi isteyen herkesten kaçmam gerektiğini bana biri söylemeliydi. Söylenseydi dinler miydim? Şartlanan insanlar doğru sözü duyabilirler miydi?

Yoo! Şartlanınca altın sözler bile duyulmuyor. O halde şartlanmadan önce, şartlanmanın korkunçluğu anlatılmalıydı.

Babam iyi insandı, ama müftü olmasına rağmen ülkemizin içinde kaç türlü düşman varsa, zaman zaman aynı noktaya geldiğini, sağcısının solcusunun aynı olduklarını galiba bilmediğinden bu konulara hiç girmedi.

Pardon, bu arada nerde olduğumu yazmadım. Öğretmenliğe Diyarbakır'da başladım. Evimin nerde olduğunu söylemek istemiyorum. Unutmayın, ben bir katilim ve bunu yazıyorum. Adres verirsem yakalanırım. Ama çok güzel bir yerdeyim. Ağaçların pencereme değdiği bir dairedeyim. Meyve ağaçları da var bahçede çiçekler de... Balkona oturuyorum, bu notları burada alıyorum. Babam tarla satıp burayı bana aldı. Benim babam ne harika bir müftü böyle. Onun sayesinde umudum gülümsedi. Hayata dönme umudu verdi bana. Diyarbakır'ı kendim istedim. Yıllarca Türkiye'nin batısında yaşadım, biraz da doğusunda yaşayayım, dedim. Buranın insanları o kadar candan ki, yeni geldiğimde komşuların hepsi yardım etti. Kimi çorba yaptı, kimi yemek. Evimi bile temizlediler. Dört komşum var ilgilenen; üçü Kürt, biri Türk. Birbirleriyle o kadar güzel geçiniyorlar ki, biz batıdan buraları nasıl görüyoruz; Türklerle Kürtler birbirini yiyorlar da, bizim onlara yardım etmemiz gerekiyor şeklinde görüyoruz. Zavallı bizler. Yine birilerinin dolmuşuna biniyoruz. Ama şunu söylemeden geçemiyeceğim, Doğudaki kardeşlerimizin bazıları da başka türlü oyuna geliyorlar.

Bu arada bazı Kürt velilerin şartlanmış olanları biraz tehditvari konuşmalar yaptılar bana, ama onlara ağlayarak yalvardım: "Ben Kürt Türk diye ayırmam insanları, iyi kötü diye ayırırım. İyi, Türk'ten de çıkar Kürt'ten de, kötü de öyle. Yapmayın, şartlanmayın. Kötü ve ırkçı Türkler yüzünden iyi ve ırkçı olmayan Türklere bedel ödetmeyin." dedim. "Benden önce burada bir Türk öğretmen öldürülmüş. Bunu birkaç şartlanmış insan yapmıştır. Kürtlerin hepsini suçlamam. Şunu biliniz ki, ben şartlanmanın kralını yaşadım. Ama o krallık leş kokuyor. İnsanlıktan çok uzak. İnsan, öz kardeşini domuz gibi görebiliyor. Hem de bu nefret öyle yavaş yavaş yapılıyor ki, insan ne olduğunu anlayamadan, bir de bakıyor ki, herkesten nefret eder hâle gelmiş. Ben bunla yaşadım. Türklükte, Kürtlükte Allah'ın ayetidir. Ne olur, gelin bu ayeti Allah'ın 'oku' dediği yerden okuyalım. Oyuna gelmeyin. Şu an ben sizden korkuyorum. Ama korkmaktan korkmuyorum. En fazla beni öldürürsünüz. Ne yapayım ben de ölürüm. Zaten yüzüne nasıl bakacaksam, o tarafta çok özlediğim biri var. Ben size dost olduğum halde beni de öldürecekseniz sizi vicdanınıza bırakıyorum. Hâlâ beni öldürecek misiniz onu bilmiyorum. Siz beni öldürene kadar evlatlarınıza ilim öğreteceğim. Unutmayın, ilmin ırkı yoktur. Alman ilmi Türk ilmi yoktur. İlim her ırkın ortak malıdır ve ırkçılık kokan sabah andını onlara okutmayacağım." dedim ve cesaretle kendimi tanıttım. Bana inandılar ve o kadar candan davrandılar ki anlatamam. Onlara, benim hayata yeni döndüğümü anlattım. Gerçek buydu. Babam hep destek verdi bana. Ve bir daire aldı. Babam daireyi alırken şöyle dedi, "İlla ben ölünce mi çocuklarım rahat edecek. Ben onların rahat ettiğini neden görmeyeyim? Hazır, oğlum da kendini toparladığına göre."

İşte baba bu, bu, baba. Ablama da verdi bana verdiği kadar. Ben şimdi burada daha rahatım. Yani fiziksel olarak rahatım. Yıldırım'ı öldüren biri olarak huzurlu bir rahatlık beklemiyorum artık. Burada da ırkçı üç beş veli ile yaşadığım üzüntü verici olay az değil. Birkaçını daha anlatayım. Birisi, okul müdürü bana biraz kötü bakıyor, en azından soru dolu bakıyor, ikincisi de, hemen yan binanın balkonu benim balkonun hizasında. Bu katta bir genç kız var, bana kesik. Acıyorum kıza. Ama ona, benim kalbimde Ayşem var. Oraya kimseyi sokamam, diyemiyorum. Kızcağız ki, ismini bile yeni öğrendim, benim için yanıyor; tıpkı benim Ayşe'ye yandığım gibi. Ama ne yapayım. En ufak bir umut veremem. Geçen akşam elektrikler kesildi. Ben balkonda oturuyordum. Baktım hemen beni çağırdı:

— Afedersiniz, evde kimse yok, karanlıktan korkuyorum. Bana bir kibrit veya çakmak atabilir misiniz? dedi.

Ben de verdim. Bunlar insanlık gereğidir. Ama o, bunu gönül gereği yapıyor sanıyorum.

* * *

Bana, neden evlenmiyorsunuz, diye soruyorlar. Ben bunca acıyla nasıl evleneceğim. Bir kız, ya beğeneni olmadığı ya da beğendiği olmadığı için evlenemez. Ama erkek öyle değil. Erkek, parası olmadığı için evlenemez, beğendiği tipi bulamadığı için evlenemez, ya da sapma duyguları vardır, evlenemez, bir de acıların içinde yanıyorsa evlenemez. Fakat acılı kadın evlenebilir. Acıların kadınını herkes biliyor, ama bir de acıların erkeği, acıların genci var, onlardan biri de benim ve beni kimse bilmiyor. Bir düşünürün de dediği gibi, "Erkekler derdi içten yaşar" demiş ya. Bence çok doğru.

Pardon, bir de davasına hizmet etmek için evlenmeyenler var. Bence yanlış yapıyorlar. Erkekler kırk yaşında da evlense çocuk sahibi oluyor, ama kızlar o yaşa kalmadan evlenmeliler. Peki o kızlar kimlerle evlenecek? Dengi olan gençler kızlarla zamanında evlenmiyor, evlendikleri vakit de çocuk doğurabilecek yaştaki kızları alıyorlar. Denge bozuluyor. Dengini bulamayan yüzbinlerce kız var artık. Dengi nerde? Evlenmiyor... Olacak iş değil. Kaş yaparken hayat söndürülüyor. Şimdi ne alaka, buralara niçin girdim ki. Herhalde şunun için, biliyorum, benim gençken evlenmemem, bir genç kızın evliliğini erteliyor. Çocuklarımın dünyaya gelişini erteliyor. Ama ne yapayım. Ben ölü ölü dirilemem ki. Hiç kimse yangınlar içinde evlenemez. Evlenirse mutlu olamaz ve de mutlu edemez. Yazık değil mi bir ana kuzusu olan genç kıza? O genç kızı anne babası ne nazlarla büyütüyor.

* * *

Annem günaşırı telefon açıyor. Ana yüreği; gerçekten özel yaratılmış bir yürek galiba. Öyle olmasa, on çocuğun onunu birden aynı şefkatle sevemezdi. Babam farklı bir dünya bana göre. Ama babamı da acılarını da geç anladım.

Geçenlerde Yıldırım'a aşık olan kız kardeşim aradı. Zavallı sevdiğine benim kıydığımı bilmiyor. Ona takıldım:

— Kız sen hâlâ Yıldırım'ı unutmadın mı?

Hüzünlü sesiyle sıkıla sıkıla cevap verdi:

— Gönül unutmayınca, insan unutamıyor abi. Sen de hep onu sorup duruyorsun, beni utandırıyorsun, ama derdime de derman olmuyorsun.

— Nasıl olayım Hazar'ım. Ben kendimi bile hissetmiyorum. Bilgilerimle kendimi yönlendiriyorum ancak.

— O ne demek abi.

— Bunu anlatamam işte. Bu insanın kendisini hissedememe halinin yani bu duygunun adı konmamış. Psikologlar bence bu duyguları bilmiyorlar. Yaşamayan anlamaz, inşaallah yaşamazsın ve bu duygunun ne olduğunu da anlamazsın. Kendini hissedememe hali çok farklı, acıları bile hissedememe acılar yumağı bir durum...

* * *

Bir şekilde hayat geçiyordu. Ömür merdivenlerini yavaş yavaş iniyordum. Bunu derinden hissediyordum. Delikanlılık yaşını geride bırakmıştım. Bu yaşa kadar gelmeyi O'nun izniyle başarmıştım. Ama bir duygumu sizinle paylaşayım, ben yaşamak istemiyordum. Öteki tarafa da gönüllü gidemiyordum. Çünkü orda Yıldırım var! Gözlerim onun gözlerine nasıl bakardı. İyi ki bu duygum varmış. Onu görme korkum olmasaydı herhalde o aklımın başımdan gittiği dönemler intihar ederdim. Bilinçaltımda ondan kaçış olması işe yaradı.

İyi ya da kötü, her insanı yaşatan bir sebep mutlaka oluyor bu alemde. Hem vahşi, hem de zarif olan bu alemde.

Ey bu âlem!

Rabbim bana sorsaydı sana gelmek istemezdim. Şimdi sorsa, Yıldırım yüzünden senden gitmek istemem.

* * *

Yatağa yattığım zaman bazen, hapishanelerde veya yakalanmamış katilleri düşünüyorum. Bazıları adam öldürmüştür ama katil değildir. Çünkü haklı olarak ööldürmüştür. Ya namusa tecavüz söz konusudur ki öldürenin aklı başından gitmiştir, ya da adam onu öldürecekti de, nefsi müdafa adına o öldürmüştür. Bu sebeple öldüren, "Ben haklı yere öldürdüm" der rahat eder. Ama benim öyle bir şansım yok. Benim öyle bir hakkım yok. Ben arkadaşımı canilerin siparişi üzerine öldürdüm. Tertemiz insanı, bir genci, bir öğrenciyi öldürdüm. Bir vatandaşı bir Muhammed ümmetini, dahası Allah kulunu, bir ana kuzusunu öldürdüm.

Neydi o günler!

Aman Allah'ım! Gölgemizin bile kalbi çarpardı... Adımlarımızın bile kanatları vardı... Devrimler yapıyorduk her gece... Bir yandan da nefret topluyorduk din kardeşlerimize. Silah zoruyla olacak diyorduk bu iş... Başka türlüsü mümkün değil. Kadın satan rejimler, ancak silah zoruyla yıkılabilir, diyorduk. Nefsimizi yıkmadan rejimler deviriyorduk. Birileri bizden İslâm ahlakı istemiyordu, üstelik sadece öldürmeye hazırlıyorlardı bizi, bizim haberimiz olmadan katil yapıyorlardı bizi.

Öylesine hızlıydık ki, beynimizin muhasebe bölümü hiç çalışmıyordu. Aşırı adrenalin bizi kör ediyor, bizi perişan ediyordu. Çünkü, güya bize iyilik eden öncü kişiler, öyle gaz veriyorlardı ki, biz, ancak bu ülkeyi biz kurtarabiliriz, özellikle ben, diyordu her birimiz. Daha önce de söyledim yine aynı sözü söylemişim. Evet, hepimiz, "Ben yaparım." diyorduk. Ben... Ben... Benliğimize, ben tohumu ekilmişti. Dehşet inanışlar, vahşet sonuçlar doğurdu. Ama bu durumu biz zavallılar bilmiyor, bilemiyorduk.

Beynimizin muhasebe bölümü hiç çalışmıyordu, dememin sebebi şu:

Mekke hükümeti de küfür hükümetti ve laikti. Devletin dinle idare edilmesine canları pahasına karşı çıktılar Mekkeli laikler, öldürdüler ve öldüler... Buna rağmen, İslâm'ın önünü alma yönünden umutlarını yitirinceye kadar asla yerlerine oturmadılar. O azgın laiklere rağmen, onlar savaş açmadan Peygamber savaş açmadı ve yıllarca, sadece gönüllerde devrim yapmaya çalıştı. Gönüllerin akın

akın ufkunu açtı. Önce İslâm'ı öğretti, sonra İslâmca tavır bekledi... Hiçbir fert kendi kararıyla adam öldüremezdi... Bir Müslüman, sinirinden çıldırsa bile işkence edemez, bir cana kıyamazdı...

Ama biz, kızdığımızı kırıyor, nefret ettiğimizi öldürüyorduk. İslâm tarihine bilinçle bakmamanın bedelini herkes ödüyor bana göre. İslâm'a saldıran dinsizler de bedel ödüyorlar. Hiçbiri buna inanmasa da bu durum böyle. Hatalı ve hainlik dolu hayatları sebebiyle hep korkuyla yaşıyor, asla mutlu uyuyamıyorlardı, bunlar da aynı. Şunu bilmiyorlardı, karanlık iş yapanların huzuru olamazdı.

* * *

Hataların telafisi herzaman mümkün olmaz, bu doğru. Öleni nasıl geri getireceksin! Ama acıları onarmak mümkün. Bu umutla durmadan çalışıyorum. Yaptığım tevbe öylesine içtendi ki, dualarımın kabul olmasını umuyorum. Ağlayarak beni affetmesini ve Yıldırım'ın da bana kırgınlığını gidermesi için dua ettim. Dualarım olmasa yaşayamazdım. Dua ne büyük nimetmiş meğer. Dua etmek olmasa ben nasıl yaşardım.

Madem ki ben aldandım başkaları aldanmasın, diye öğrencilerimin üzerine bir baba, bir anne şefkatiyle eğildim.

Zaman zaman hayatlarını dinliyorum... Bu kadar yakından ilgilenmemi çekemeyen bir kefere müdür var. İkide bir, "Öğrencilerle bu kadar ilgilenmenin altından gizli bir örgüt elemanlığı çıkmasın?" diyor, ben de ona diyorum ki, "Bilhassa öğrencilerimi gizli olan her şeyden kurtarmak istiyorum. Kur'an serbest olduğu sürece bizim gizliliğe ihtiyacımız yok. Ben bu şuuru vermek istiyorum, beni yanlış anlamayın" dediğim halde hiç hızını kesmeden aynı sözleri yine saydı. Şerefsiz. Bizim illegallerimizden onların legalleri daha illegalken, hem bizi aldatan dini kullanan örgütleri onlar yaratıyorken, sonra da bizim tertemiz İslâm'ımıza terör örgütü gibi bakmamızı istemeleri yok mu, beni zıvanadan çıkarıyor. Nefsim, bu soysuz müdüre bir yumruk indir yere ser, diyor. Ama ne zaman nefsimin dediğini yaptımsa zarar gördüm. O yüzden bu defa nefsimi dinlemiyorum.

Birgün öğrencim Muhammed'in hayatını dinledim. Beni çok etkiledi. Sınıftan çıktım ki müdür kapıda. Bana yine aynı sözü söylemesin mi! Tuttum yakasından yapıştırdım duvara, dedim, "Bana bak! Bir daha beni bu şekilde itham edersen seni feci benzetirim. Haddini bil! Öğrencilerimle diyaloğuma karışma! Ayrıca, sen öğrenciyi bir örgütten değil, ben dindarım diye aklınca dinden koruyorsun. Sizin gibileri için İslâm'ın kendisi sakıncalı zaten. Bütün kininiz, bütün nefretiniz burdan kaynaklanıyor." dedim.

Gerçekten Kur'an'ın dediği gibi bu müşrikler pislikmiş. Bunu, onların iğrenç yüzlerini, adaletsiz işlerini gördükten sonra daha iyi anlıyorum. Bana öyle geliyor ki, sağ partilerde de çok müşrik var. Ve hepsi de İslâm görünen ama İslâm'ın emirlerine çağdışı diyen müşrikler. Hele biri var ki, öyle sinsi bir müşrik ki, anlatamam. Milletvekili seçildiği gün mecliste yemin ettikten sonra da dualar okudu. Millet meclisinde başörtüsü için, "bu çağda böyle bağnazlık olmaz," dedi. Ama aldanmış taraftarları onun İslâm'a hakaretini hiç anlayamadı, anlayan da onun safında kalmadı. Bu konulara neden geldim? Müdürden. Adam sağ gösterip sol vuruyor. Gerçi sağcı solcu yok. Allah vermiş hükmünü, hak olan batıl olan var ve gerçekten batıllar, ister sağcı olsun ister solcu, ister humanist olsun ister dinci, müşrikliklerine aykırı bir kanun, bir söylem bir eylem olunca birleşiyorlar.

Vahh benim cami ayırımı yapan, cemaate vaaz verecek hocayı, ya cemaatimi çalarsa diye (çalıp nereye götürecekse) izin vermeyen Müslümanım vahh! Hâlâ Hakk'la batılın farkında değil. Hâlâ grup dinine bağlı. Şunu bilmiyor, bir teşkilatın emri, Allah'ın emrine aykırı değilse ona uyulur, aykırıysa uyulamaz.

* * *

Muhammed'i anlatayım. Öğrencim Muhammed'in hayatı, bütün anne babaların bilmesi gereken bir hikaye. Çocuk bana derdini dökmeseymiş ya çıldıracakmış ya da intihar edecekmiş.

Muhammed, dindar bir ailenin oğlu. Mavi gözlü, sarışın, terbiyeli bir çocuk. Abisiyle beraber aynı yatakta yatıyorlarmış. Zaman içinde uyku sersemiyken ağabeyi Muhammed'e uygunsuz hareketlerde bulunmuş. "Ağabeyim bunu bana nasıl yapar?" diye, gece gündüz düşünmekten aklını oynatacak duruma gelmiş. Hemen babasını çağırdım. Ona, bu konularda ne biliyorsam onu anlattım. Kız ya da erkek, kardeşler ya da başkası aynı yatakta yatamaz. Bu dinimizce yasaktır, dedim. Erkeğin ter kokusuyla büyüyen erkek kadının ter kokusundan nefret eder, kız da öyle, dedim. Adam şaşırdı tabii:

— Hocam bir durum mu var? dedi.

Ona tabii ki söyleyemezdim.

— Kardeşlerin beraber yatması başlı başına bir durumdur. Ben oğlunuzla konuşma esnasında ağabeyi ile aynı yatağı paylaştığını öğrendim. Bana bu konuda çok sorular soruluyor. Size durumu bildireyim, siz yatakları ayırın, dedim.

Adam cahil. "Ne varmış, kardeş kardeş yatsınlar" demiş eve gidince. Eşcinsellerin çoğunun aile içinde eşcinsel olduğunu bilmiyorlar. Bir de ne yapsa iyi, bu adam gitmiş beni müdüre şikayet etmiş. Müdür beni çağırdı. Adam orda:

— Bakın bu veli sizden şikayetçi. Aile içine karışıyormuşsun. Senin görevin okul içinde Musa bey. Okul dışı seni ilgilendirmez.

Adam girdi araya:

— Benim yedi göbek asil bir ailem var. Bizde öyle şeyler olmaz" diye ahkam kesmeye.

Çıkıp diyeceksin; "Ulan cinselliğin soyu mu olur?

Bunlar bilinçli olmak, tedbir almak, otokontrolü yapabilmekle hallolur. Bak büyük oğlun şöyle şöyle yapmış, Muhammed delirmenin eşiğinde," diyeceksin. Olmaz! Ölsem bile söyleyemem. Muhammed'in sırrı. Söyleyemedikçe ben çatlıyordum ki, kapıda Muhammed göründü. Demekki adam evde, "müdüre söyleyeceğim," dedi. Öyle olmasa Muhammed niye beni takip etsin ki?

Babasına baktı:

— Baba, ben sana gelme, öğretmenimi şikayet etme, demiştim.

Adam müdüre bakıp oğlunu çekiştirdi.

— Bunlar ne olacak müdür bey? Şuna bak, bacak kadar çocuk nasıl konuşuyor. Ne yapacaksın ulan! Afedersiniz müdür bey. Söyle ne yaparsın?

— Gerçeği söylerim. Öğretmenime abimin bana uygunsuz hareketlerde bulunduğunu ben anlattım.

Adam fenalık geçirdi.

Hüngür hüngür ağlamaya başladı. Hâlâ, "Biz hata yaptık, iki kardeş bir yatakta yatamazmış anladım." demiyor.

"Bizim gibi asil aileden böyle şey nasıl çıkar?" diyor. Asaletin dine dayanan bir gelenekle gelebileceğinin, dinin yaşanmadığı ya da çarpıtıldığı yerde asaletin kalamayacağını fakat sıra cinselliğe gelince, cinsel uzvun dini olmadığını, cinselliğin soydan soptan, asaletten anlamadığını adama anlatamadım. Ama şunu anlattım, tacizci oğluyla yüz-göz olmamasını, ya da genç olduğu için güzel bir eğitim ve bilgi verirse oğlunun düzelebileceğini, yüz göz olursa onu bunalıma sokacağını belkide evden kaçabileceğini anlattım. Dinledi. Elimi öpmek istedi. "Aman" dedim, içimden. "Sen gerçeği gör de, elimi öpmen eksik kalsın." Bu iç sızlanmamdan sonra hemen dikkatimi kendime çektim. İnandığım bir şey için insanlarla kavgada hiç sabrım kalmamış. Hemen kendimi kontrol etmeye başladım. Ben bir Müslümanım. İçimde gizli bir halk nefreti yaşamamalı.

İlk işim zikre, sonra spora başlamak oldu. Sonra her akşam belli bir zaman ayırıp televizyonu kapattım, tefsir dersi yaptım. Evden işe işten spora... üçgeninde üç ay yaşadım. Baktım iyiye gidiyorum. Bu düzenimi bozmadım. En kötü günümde, Allah'a sığınma alışkanlığım olmasaydı yaşadığım felaketi asla atlatamazdım, bunu hep söyleme ihtiyacı duyuyorum. Allah'a inanmayanlar, bu tür acılarını acaba nasıl atıyorlar?

Aslında benim akıl hastanesinde yaşadıklarımı anlatmam lazım. Bir vicdan azabının insanı bu hale nasıl getirdiğini bütün dünya duysun istiyorum. Evet bütün dünyaya bu duygumu anlatmak istiyorum. İngiliz'ine Alman'ına, Arap'ına, Gürcüsü'ne, Kürt'üne, Çerkez'ine, Laz'ına duyurmak istiyorum.

Ben dinimi bilmediğim için (zaten babamın tek suçu, el alemin evlatlarıyla ilgilendiği kadar benimle dini konuda ilgilenmemesi oldu.) evet, dinimi bilmediğim için bir örgütün tuzağına düştüm. Bu örgüt, şuurlu Müslümanlara bilinçli olanlarına bizi düşman yapmayı başardı. Her şuurlu Müslüman'ı bize vatan haini olarak tanıttı. Cahilliğimiz bir yana bizim bu tuzağa hemen düşmemiz unutulacak acılardan bir acı değil. Bize kimler vatan haini olarak gösterilmedi ki. Aklıma gelenleri, Alfabetik sıraya göre vereyim. Başta Fetullah Gülen; Hep vatan haini olarak işlendi, ısrarla işlendi. Necmettin Erbakan, Recep Tayip Erdoğan o zaman belediye başkanıydı, demek ki yılanlar ordusu Recep Tayyip Erdoğan'ın yeteneğini bizden iyi görmüş. Vakit Gazetesi camiası, Mustafa İslamoğlu, Abdurrahman Dilipak, Necip Fazıl Kısakürek. Diyanet İşleri başkanı Mehmet Nuri Yılmaz, Şûle Yüksel Şenler, Hayrettin Karaman, Abdullah Gül, Bülent Arınç, Hekimoğlu İsmail, Mehmet Akif Ersoy, Emine Şenlikoğlu, Ergün Göze, Muhsin Yazıcıoğlu, Haşim Bayram, ve yüzlerce isim daha. Açıkçası şu, İslam'a taviz vermeden hizmet ediyor bildikleri herkesi lekelemeleri, işin garibi bazı Müslümanların da buna hemen inanması.

Feci aldanışımdan sonra, biz ülke kurmaya, siz ülke batıran olarak hayatımıza devam ettik. Arkadaşım soru sordu, diye onun bir hain olduğunu söylediler bana. Arkadaşımı öldürdüm çünkü o görevi örgüt bana verdi. Bundan daha büyük bir aldanış ne olabilir ki? Rüzgarlar değildi beni felakete götüren, azgın sular da değildi, canileşmiş insandı beni götüren.

Yıldırım'ı öldürürken o bana yalvarıyordu; demiştim ya, o ses, hâlâ kulağımda. "Yapma Musa, kendine geldiğinde çok pişman olacaksın. Ne olur yapma". Ağlayarak yalvarıyor, ben de kurşunu sıkmaya devam ediyordum. Çünkü o bir vatan hainiydi o halde gebertmeliydim. Halbuki, İslam'a göre O vatan haini bile olsa, onu delillerini sunarak devlete şikayet etmek düşerdi bana. Veya casussa, varsa delilim devlete teslim etmekten başka görevim yoktu. Ama biz, İslam'a göre değil, ittihat ve Terakkinin devamı olan ondan daha dehşet olan derin devlet mensuplarına göre hareket ediyorduk. Ben bunları öğrendikten sonra bildiğiniz gibi akıl hastanesinde yattım. Feci şekilde cinnet geçirmişim. Kendime geldiğimde, karşımda çıplak bir erkek vardı ve benimle konuşuyordu. Feci şekilde korktum. Nerde olduğumu anlayamadım. Büyük bir hata bu, bu durumda en akıllı insan bile aklını oynatır. Ben de kıl payı aklımı oynatıyordum ki önce ismim aklıma geldi. Sonra annemin yüzü, sonra babam, derken Yıldırım'ı öldürdüğüm aklıma geldi. Sonra tımarhanede olduğumu anladım.

Evet, karşımdaki bir deliydi, o halde ben akıllı olmalıydım. Deliye sordum:

— Adın ne?

Deli gülmeye başladı:

— Ohoh ben Ay'a çıktım... Ben deli değilim ya!

Ürkmüştüm. "aman" dedim kendime, sakın kendini boş bırakma. Bu günler geçer. Hem burası mezardan daha kötü değil, Sen Yıldırım'ı toprağa verdin. Çile çek, ama aklını koru, dedim. Elimden geldiği kadar aklımı korumaya çalıştım. Kendime devamlı terapi yaptım, moral verdim ve dua ettim. Duadan daha büyük terapi yok.

Zamanı geri çevirmek mümkün olsa da Yıldırım'lı günlere dönsem ondan sonra akıl hastanesinde sürünsem bile bu bana bayram yeri gibi gelir.

Çok acı çektim, ama hep kendimden intikam aldım. Aslında bu da doğru değil. İnsana insanlığının verdiği görev hatasını görmek ve tekrar etmemek, Allah'tan affını dilemektir. Ben bu noktada da hata yaptım. Adeta kendimi delirmeye ittim. İslam denge dinidir, ama ben hep dengesizlikleri üst üste diziyordum insanlık levhama.

Yanlışlar yanlışla düzeltilmez ama ben bunu çok geç anladım.

* * *

Öğrencilerimden Faruk çok çalışkan. Fakat son dönemlerde çocuğun kendisini derse veremediğini fark ettim. Bu arada Nazlı'da farklı bir psikoloji sergilediğinden o da dikkatimi çekiyor. Faruk, orta boylu şişman güler yüzlü çalışkan bir çocuk. Onu ders arasında aldım bahçede bir kenarda konuşmaya başladım:

— Faruk, sende bir değişim hissediyorum. Beni derste hocan, ders dışı arkadaşın kabul et. Derdini bana istersen aç. Seni dinlerim ve bir çözümüm varsa sana sunarım. Ve bu sır benimle ahrete gider. Bana açılmak ister misin?

Faruk biraz durakladı:

— Hocam nerden anladınız?

— Sen çalışkan bir gençken birden bire küme düştün fark etmez miyim? Hadi söyle derdini.

— Ama ayıp olmaz mı hocam?

— Olmaz olmaz! Biz, sınıf dışında arkadaşız dedik ya.

Faruk sıkıla sıkıla konuşuyordu. Kan-ter içinde kaldı demek ki derdi çok büyüktü:

— Hadi, anlatacak mısın?

— Hocam ya, sevdiğim kız mahallemizden taşınıyor. Geceleri uyuyamıyorum. Hep onu düşünüyorum.

Gözlerine baktım. Gülümseyerek sordum:

— Çok uzaklara mı gitti?

— Evet, bir saatlik, mesafe var aramızda.

— Oo epey uzakmış gerçekten! Ama gönüllerde makam yoktur... Kilometre yoktur. Sana yardım ederim.

Mahcup mahcup yüzüme baktı:

— Nasıl?

— Sen okulu bitir. Hâlâ sevgin aynı duruyorsa gider isteriz babasından olur biter. Ucunda ölüm yok ya. Yalnız senden bir isteğim var.

— Buyrun hocam.

— Sen neden bu kadar kilo alıyorsun? Bunu diyetisyene giderek öğrenir misin?

— Bilmemki hocam, su içsem yarıyor.

— Büyüklerin balon sözlerine sen de inanmışsın. Su kilo aldırmaz. Vücutta hastalık varsa vücut su toplar ama sağlam vücutta su, ihtiyaç kadar kalır. Sen o sözlere aldanma. Kilo insana bu yüzden gelir. Yani kendi suçsuzluğuna inanırsa insan, yer ama yediğini hissedemez. Metabolizmada bir düzensizlik varsa, az yesen de kilo alırsın. Sana bir tavsiyem var. Sofraya oturduğunda, toplam iki tabaktan başka yemek yeme, ince bir dilim ekmekten fazla ekmek yeme, çikolatayı iki üç günde bir, çok az ye. İki litre civarı su iç, tuvalet ihtiyacı duyduğun zaman hemen git, kendini sıkma, bu hem kilo yapar hem de böbreklere zarar verir. Arada bir ekmek veya yemek atıştırma. Sadece bir elma ve dengi meyve ye. Göreceksin kilo vereceksin. Kilo verince kendine güvenin artar. Çünkü insanlar kiloyu çok abarttığı için kilolular komplekse girebiliyor. En doğru olanı tabiî ki kilo almamaya çalışmak ama kilo almışsa da kimseden utanmamaktır. Senin vücudunla senin değerini ölçmeye kalkana koz vermemeli, yani şişman olduğun için arkadaşlarından utanmamalısın. Sence de öyle değil mi? İnsan onuru fiziki görüntüden beslenemez.

Bu açıklama Faruk'a iyi geldi:

— Öyle ama hocam şu alay eden terbiyesizler var ya, insanı sinirlendiriyorlar.

— Sen onlara aldırma. Onlar aile eğitimi görmemişler, zaten, ülkeyi aydınlattık diyenler, bu ülke halkına hiçbir konuda aydınlanmayı göstermedi.

Faruk'la anlaştık. Benim için öğrencilerin kalbini kazanmak çok önemliydi.

Faruk benimle konuştuktan sonra yeniden sınıfına döndü.

Nazlı, sınıfta bir numara. Nazlı, orta boylu, güzel yüzlü, dindar bir ailenin kızı, çok zeki, fakat dini sevmesine rağmen dinden kompleksi olan ama bunu gizlemeyi başaran biri. Kendini göstermeyi seviyor. Beyni dolu olmasına rağmen beyni boş kızlar gibi, izzet, şeref, şahsiyet ve onurun güzel giyime ihtiyacı var sanıyor. Gözlerini şu yüzden konu ettim. Nazlı, gözlerinin güzel oluşunun farkında ve gözlerini kullanıyor. Kompleksine rağmen dik duruşlu olmayı da başarıyor. Stresi yönlendirenler gibi, Nazlı kompleksini yönlendirebiliyor. Helal olsun. Nazlı'dan söz açılmışken hemen itiraf edeceğim, kız erkek karışık oldukça, kaliteli eğitimi zor görürüz. İşte gerçek gözümün önünde. Sınıftaki erkeklerin yarısı Nazlı'ya kur yapıyor, ben de anlamaz, görmez, duymazı oynuyorum. Akılları fikirleri Nazlı'da. Nasıl olmasın ki, Nazlı, girdiği gözden kalbe inecek kadar çekici bir kız. Bu gençlere yazık değil mi? Resmen cinsel ve gönülsel yönden işkence çekiyorlar. Bunun adına da ilericilik diyorlar. Bence bu durum, sadece insanı tanımazlık, bunun başka adı yok.

Biliyorum, bunu okuyan sizler içinden bana kızanlar çıkacaktır. Fakat onlar, gözlerin ve gönüllerin ve de arzuların kimlere konarsa konsunla hiç ilgisi yoktur. Onların mezhebi çok geniştir. Bizim mezhebimiz bu konularda namus sınırlarımıza kadar genişler, ondan ötesi yoktur. Ama bunu biliyorum ki, kimseye anlatamayacağız. Zaten otuz beş kişilik sınıfta on dört kız vardı.

Çok önemli bir konuda daha fikirlerimi söylemek istiyorum, kızlara kadın hoca, erkeklere erkek hoca olsa çok daha güzel olur. Bir sınıfta kızların üçü bana vurgun. Benim de bazen kalbim bozuluyor. Resmen eziyet bu kızların kalbine set çekmek için, Ayşe'ye aşık olduğumu sınıfta anlattım. Ama üç kıza bir faydası olmadı. Devamlı anlamazdan gelmek de insanı yoruyor. Bekar öğretmen, güzel kızlar. Sonra kalbin temiz olsun. Olmuyor işte. Sonuçta erkeğiz. Hayır, kalp bozulmadan durabilir, diyenler, kızlara kalplerini bozmakta bir sakınca görmeyenlerdir. Uğraştım olmuyor. Daha doğrusu olamıyor. Bunu söylediğimiz zaman aşırı laikçiler kıyameti koparıyorlar. Onların ne dediği umurumda değil. Hem adamın biri ne demiş: "Annem malum evde, bacım meyhanede Allah'a şükürler olsun alnıma kimse kara leke süremedi." Onlar için her yol lakliğe uyuyor, yeterki yol İslâm yolu olmasın. Kalbin mi bozuluyor, önemli değil. İnsan fıtratına aykırı tedrisatın ne kadar faydası olur onu bilmiyorum. Pardon ya ben yine aynı konuya dönmüşüm. Bu konuda ne kadar gavurluk varsa ona çağdaşlık demeleri de canımı sıkıyor.

* * *

Nazlı'da bir hırs var onun hırsına yetişemiyorum. Devamlı kitap okuyor. Ekstra dersler alıyor. "Mutlaka büyük adam olmalıyım." diyor. Ben, ilim de olsa, aşırıya gidilince pirelenirim. Her sağlıklı şeyin seyri sağlıklı olur. Aşırılığa gerek yok. Programlı oku, istikrarlı ol, hemen pes etme devamı gelir.

Aslı da bir tuhaflık var ama ne var bilmiyorum. Sonra öğreniriz elbet.

Ersin var. Uzun boylu, kumral yakışıklılığını fazla kullanan küstah bir tip. Küstahları tanırım, mutlaka bir acılarını küstahlıklarıyla örterler. Küstahların en fazla zarar verdikleri kişi kendileridir. Çocukluklarından kalma eziklikleri, küstahlık olarak işleme girer. Ersin'in kızlara olan tavrı canımı sıkıyor. Anasını sattığımın sisteminde gençlerin birbirlerine kurlarını izlerken boynuzlarımız ağacı andırır hale geliyor. Bu ne biçim eğitim be! Tipi güzelden çek tipi tipsizden çek. Yine ne oluyor bana? Yine bozuldu dengem. İçimde, benimle uyuşmayan biri daha var. Benden habersiz nasıl girdiyse, beni bozuyor. Anlatacağım her şeyi anlatacağım. İnsan fıtratını hiç kimsenin gizlemeye hakkı yoktur.

Ersin'le biraz konuşayım, dedim. Bana pas vermiyor. Ben de yakışıklı sayılırım. Sınıfta kendisinden başka yakışıklıya tahammülü yok. Ayağımın topal olması onu biraz rahatlatıyor. Ergenlerde bir şey fark ettim, onlar belirli bir süre babalarını bile aştıklarına inanır, onu evde lüzumsuz görürler. Eminim Ersin beni adamdan saymıyor. Ama ben onu çok önemsiyorum. Eğer gençliği zehirli yılanların elinden kurtaracaksak hiç olmazsa, aşırı laikler kadar biz de çalışmalıyız. Ama bizde onlar gibi organize çalışma yok... Yoo hepten öyle değil. Bilinçli, onların tuzaklarına düşmeyen öğretmenlerimiz de var. Fakat onlar sayıca azın da azı! Onlar gibi acımasız olup, iftirayla öğretmen attıramıyoruz. Bu sebeple saha onlara kalıyor.

Ersin arasıra da bana aba altından sopa göstererek meydan okuyor. Yüzgöz olmak istemediğimden alttan alıyorum. Bir defasında, sınıfa seslendim:

— Arkadaşlar! Mertliğin de kuralları vardır. İçinizde mertlik ne demektir bilen var mı? Varsa şartlarını saysın, dedim. Kimse kalkmadı. Ersine baktım:

— Ersin. Sen mertlik kurallarını biliyorsun bence, dedim.

Neden bu sözü söyledim. Ersin, küstahlığıyla birlikte, mert, yiğit bir delikanlıymış görüntüsü vermek istiyor. Demek ki mertlik nedir? sorusuna ondan cevap gelir dedim gelmedi. Sonra ben açıkladım:

— Mert olan gençte şunlar olur: Bir, sözünde durur. İki, saçma sapan işlerle "yükseldim" havasına girmez. Üç, kimseye yağ yakmaz, dalkavukluk bilmez. Dört, kimsenin namusuna göz dikmez, evlenmek istediği kişiyi gider Allah'ın emrine göre ister. Beş, kabadayılıktan kaçar efendi olur. Altı, adaletlidir. Hep haklıdan yana olur.

Ersin biraz yan yan baktı bana, ama o günden sonra bana karşı daha temkinli davranıyor.

Nilgün, sınıfta başka dışarıda başka bir genç kız. Onu

bir gün otobüs durağında gördüm. Matemde gibiydi. Okula geldiğimde onunla konuştum. Annesi evlenmiş. Bana çok ağır geldi, diyor. Annesine çok küsmüş ve onu affetmeyeceğini söyleyerek ağlıyordu. Dakikalarca onu teselliye çalıştım. Babasına kızıyordu:

— Annemi bırakmamalıydı. Annem de evlenmemeliydi.

— Karısını boşayan erkek, artık o başkasıyla evlenebilir, diye bırakır Nilgün. Sen bunu bilmelisin. Erkekler, "Benim karım başkasıyla evlenemez." der, ayrılsa da onu karısı sanır, ama kendisi evlenir. Neden böyledir? Nedeni şu; bu tür erkekler kendisini bulunmaz Bursa Kumaşı sanırlar. Annene helal olsun, kendisini terk eden adamın gölgesine köle olmamış. Şunu unutma Nilgün, baban anneni bıraktığı gün, zaten onu başkasıyla evlenmesini istemiş demek olur bu. Ayrıca, annen genç kadınsa neden Allah'ın verdiği hakkı sen ona vermiyorsun? Yarın sen evlenip gideceksin, bırak kadıncağız bir günyüzü görsün, dedim.

Nilgün ikna oldu. Çok rahatlamıştı.

Günlerim öğrencilerimle doluyordu. Kendimle baş başa kalmamak için her yola baş vuruyorum. Kendimle baş başa kalmak demek Yıldırım'la yüzleşmek demek oluyor.

Kendimden bile kaçtığım günlerin birinde Yıldırım yine rüyama girdi. Öteki dünyadaymışız, karşı karşıya geldik. Bana uzun uzun baktı. Gözlerinden içime girdi, adeta içime cehennemi taşıdı. Ağlayarak sordu bana:

"Bana nasıl kıydın Musa? Bu vicdansızlığı nasıl yaptın Musa? Sen benim hem arkadaşım, hem amcam hem de babamdın. Seni arkamda bir dağ görüyordum. Bana bunu nasıl yaptın Musa? Ben babamın yüzünden annemle hiç mutlu bir yuvada yaşamamıştım. Filizle evlenecektim ve mutlu bir yuva görecektim. Ben nasıl vatan haini olabilirdim? Ben nasıl namussuz olabilirdim Musa?

Bana bunu nasıl yaptın Musa?

Nasıl kıydın bana söyle Musa?

Söyle Musaaaa! Musaaaaa söyleeee!..

Gözlerimi açtığımda hüngür hüngür ağlamaya devam ettim.

Aslında onu sık sık rüyamda görüyordum. Bu defa Filiz eklendi. Ahreti görüyordum sanki. Orda Yıldırım vardı ve beni bulacaktı bunu biliyordum. Ah Yıldırım, canım kardeşim! Alçaklar girdi kanıma ne olur beni affet! Allah'ım onun kalbini bana karşı düzelt.

Gençler! İnsan bir hata yapmaya görsün, o hatanın kendi silinse bile insan ruhunda izi silinmiyor. Ne olur elinize Allah'ın düzenlediği bir ölçü alın. Hiç kimse Allah'tan iyi bilemez. Allah'ın yasak ettiği şeyi asla yapmayın. Bunu babanız bile emretse. Allah Kur'an'da, anne-babanızın İslâm'a uygun emirlerini dinleyin, uygun olmayanı dinlemeyin, diyor.

* * *

Akşam üstü eve geldim. Balkona çıktım. Yine yan balkondaki kız. Bana saati sordu, söyledim. Ben namuslu bir erkeğim. Hiçbir genç kıza umut vermem. Hemen telefonu elime alıp, bir arkadaşla konuştum. Ayşe olarak bana telefon açmasını söyledim. Telefonu da pencerenin kenarına koydum. Geçip sandalyede oturdum. Telefon çaldı. Açtım! Oo Ayşe sen misin? Nerdesin ya ben seni arıyorum. Annemler seni istemeye gelecekler. Neee! Aşk olsun Ayşe hem senden başkasına ölsem bakmam, dedim.

Aslında acıyordum kıza. Ayşe'den haber yoktu. Her halde evlenmiştir. Ama ben yine de evlenemem, Yıldırım'ı toprağa soktum. Ben dünya evine nasıl girerim. Asla yapamam bunu. Zavallı kızcağız beni duyduktan sonra içeri kapandı. Bir daha onu balkonda görmedim. Onurlu kızmış. Severim onurlu insanları, ama elimden bir şey gelmez.

Platonik aşkın nasıl bir şey olduğunu Ferhat'la Şirin gelsin bana sorsun. Leyla bana gelsin, Mecnun bana gelsin.

Platonik aşkın sahibi, gece cehennemdedir gündüz cehennemde. Ben anlamazsam kim anlar balkondaki kızcağızı. Bilse benim gerçek bir katil olduğumu acaba dönüp de bakar mı? Bakar be. Gönül katili de sever eğitilmemişse namussuzu da. İnsanlık gönül eğitimi görmeli. Vaizler, yazarlar bu konuları güzelce işlemeli. Yediden yetmişe gönül devreleri daha ilkokulda öğretilmeli. Bu konulara yazarlar değinmeyecekse kim değinecek? Anne babalar zaten gönül ve şehveti arzuları çocuklarında yok sayıyor.

Off başım ağrıdı. Ne çok problemler var, hepsi de akademik seviyede ele alınacak konular.

İnsan, insana doğru yürüdükçe, insanın problemler bütünü olduğunu görüyor.

On beş günlük tatilde memlekete gitmek istedim. Geçen hafta ordaydım. Yıldırım'ın mezarına gittim, başucunda ağladım-ağladım eve geldim. Yıldırım'ın annesini ziyaret ettim. Beni görünce ağladı gariban:

— Oğluuuuum! İkinci yavrum hoş geldin. Gel kuzum, gel, biricik dostum gel.

Kadıncağız bunları söyledikçe ben kahroluyordum. Öyle içten inanmıştı ki bana, gözleri sanki onun oğluymuşum gibi bakıyordu gözlerime. O öyle baktıkça, onunla göz göze gelmemek için gözlerim devamlı kaçıyordu onun gözlerinden. Yavrusunu elinden aldığım kadına her bakışımda canım çıkıyor. Onun gözleri adeta bana mezar oluyor... Onun gözleri bana "hain" diye bağırıyor. Onun gözleri "Seni yakalıdım" diyor. Ve ben kaçmaya çalıştıkça gözler beni yakalıyor. Yıldırım'ın evinin önünde annesiyle konuşurken sanki ölüm meleği tepemde dolaşıyor. Evin önü harika çiçek dolu ama bana Amerikan hapishaneleri gibi geliyor. İçimde bir ordu var adeta. Kimi, "git" diyor, kimi "sakin ol, kadın nerdeyse anladı" diyor. Aman Al-lah'ım! Aman! Bu ne acı bir hayat benim hayatım.

Birden kendime geldim. Bir de fark ettim ki, gözyaşlarımı gözlerimde yedirmeye çalışmışım. Nerdeyse akacak. Bir ara, "acaba oğlunu öldürdüm desem de vicdan azabından kurtulsam mı" diye ikilem yaşadım. Sonra, "delirdim mi acaba?" diye söylerdim kendi kendime. Hayır, delirmemiştim ama vicdan azabı insana deli olmuş hissini verdiriyor.

Birden topladım kendimi. Dedim, "oğlum Musa kendine gel." İnsanın kendine telkini çok işe yarıyor. Hemen, hiçbir şey olmamış havasına girdim. Gayet sakin, dertli kadınla konuşmaya devam ettim.

— Madem beni oğlun yerine koyuyorsun. Kocan öldü oğlun öldü, derdini bana söylemelisin. Eğer gerçekten beni evlat görüyorsan bunu ispat etmelisin, dedim.

İçimden de; "seni evlatsız koyan benim. Allah belamı versin benim! Bilsen yüzüme bakar mısın? Ben alçak ben Allah'ın belası aşağılık bir kulum! Seni oğulsuz bıraktım. Ben alçak da olsam hatamı telafi edemesem bile, insanlığımı yapıyorum, affet beni ey garip kadın!" diyerek baktım kadının yüzüne.

Mahsun ve dertli kadıncağız:

— Peki o halde yavrum, madem çok ısrar ettin, Yıldırım duymasın, bana bir üç yüz lira lazım. Onu gönderiver, dedi.

Ne diyor bu kadın! Ne Yıldırım'ı, ne duyması?

— Yıldırım nasıl duysun ki?

— Ah haklısın oğlum, dalgınlık. Biran onun yaşadığını düşündüm. Allah ona kıyanlara cennet yüzü göstermesin.

Kadıncağız kafayı da yemiş haklı olarak. İstediği parayı evin önündeki odun yığınları üzerine bıraktım.

Yıldırım'ın evinden çıkarken, yine ağlamak düştü bana. Biraz mahallemizde gezdim, kahrede ede evimize geldim. Anacığım sevdiğim her şeyi hazırlamış.

Kız kardeşim Hazar da beni mutlu etmek için çırpınıyor. Onun sevdiğine kavuşmasını engellediğimi bilse beni sever mi? Onu bilmiyorum. Eve girdim. Devamlı oturduğum koltuğuma oturdum. Annem durmadan konuşuyor. Artık evlenmem gerektiğini de ima ediyor.

Evimiz iki katlı, tahta döşeli. Annemizin örme halı ve kilimleri köşelerde bizim evlenmemizi bekliyor.

Etrafımda fır dönüyor. Bir evladın anne babasından ilgi görmesi ne kadar güzel. Birgün çocuğum olsa, diyordum... Neyse ya...

* * *

Ayşe'yi aradım yine.

Ne yapayım, unutamıyorum. Zorla değil ya, olmuyor. Ama unutmalıyım. Onu bulsam ne olacak? Nasıl olsa benim gibi arkadaş katilinin evlenmeye hakkı yok. O halde artık unutmalıyım Ayşe'yi.

Ama gönül nasıl bir şeyse ona söz geçmiyor. Bazen bunalıyorum, aslında aşkın kimyasını çözüp, onu yok edecek bir ilaç bulmak isterdim, ama benden geçti.

Unutabilir miyim?

Neden olmasın?

Dünyada sevdiğini unutan ilk ben olmayacağım ki. Onu, Fatih'in Balat semtinde bir adamın kolunda görmüştüm de halüsünasyon zannetmiştim. Belki de gerçekten oydu. Kız neden beni beklesin ki. Allah'ın delisini. İyileşeceğimi nerden bilsin. Zaten bana umutta vermemişti. Off, bunalıyorum. İçim çok kalabalık.

* * *

Kendimi oyalayacak ağır bir şeyler bulmam lazım. Düşündüm, bir araştırma mı yapsam? Bir kitap mı okusam yine. Artık kitaplar da sıkıyor beni, ama üzerime gitmeli beni çeken bir kitap bulmalıyım. Celal Yeniçeri'nin "Uzay Ayetleri" isimli kitabı ilgimi çekti. Uzay ayetleri... Allah-Allah! Uzay ayetleri bir kitap olabilirmiş mi! İlk işim o kitabı okumak olacak. Bir de bir ansiklopedi bitirmek istiyorum. Canımın sıkıntısını ilimle ibadetle atlatmak zorundayım. Hatta canım sıkılmasa bile.

Arkadaş edinmiyorum. Benim gibi aşağılığın arkadaş edinmeye hakkı yok. Radyoda bir türkü çalıyor. Tam da bana hitap ediyor: "Dereler alın götürün beni/ bir daha getirmeyin beni/ savurun ıssız çöllere/ orada kurtlar yesin beni.

Kurt ne yapsın beni, çöl ne yapsın. Off Allah'ım off! Kurtar beni! Ben bana çok ağır geliyorum!

* * *

Telefon çaldı baktım annem. Konuştuk Filiz aramış annemleri. Benim telefonumu istemiş. Evlenmiş Filiz. Filiz Yıldırım'ın sevdiği kızdı. Allah Allah! Filiz beni niye arasın ki! Kafama takıldı. Evlenmiş üstelik.

Kafaya takmışım ya yatsıyı kılıp hemen yattım. Uyu uyuyabilirsen. Filiz beni neden aradı!

Evlenmemiş olsa, hadi Yıldırım'ın öldüğünü bilmiyor, onun için arıyor, diyeceğim.

Ben bunları düşünürken telefon çaldı. Hemen kalktım:

— Buyurun.

— Musa kardeşle mi görüşüyorum.

— Evet.

— Ben Filiz. Ayşe'nin arkadaşı. Sizinle konuşmak istiyorum. Geçenlerde Ayşe'yi gördüm de:

— Yaa! Nasıl iyi mi? Evlendi mi?

— Hayır! Maalesef evlenemedi. Çünkü size aşık olduğunu fark etti. Sizden sonra size tutkun olduğunu anlamış. Sizi o yüzden aradım. Evlenmedinizse...

— Hayır evlenmedim. Ama.

— Aması ne?

— Bilmem, anlatamayacağım bir psikoloji içindeyim. Ama evlenmediğine ne kadar sevindim bilemezsiniz.

— Ama, evlenecek gibi gelmediniz bana. Evlenmemesi sizi neden sevindirdi anlayamadım.

— Egom başka bir şey değil.

İçim, “Ben pisliğin tekiyim.” diyordu.

Filiz şaşkına döndü:

— Sizi anlayamıyorum. Siz ne demek istiyorsunuz?

— Açıkçası arkadaşım Yıldırım öldükten sonra hem evlenemem, evlensem de eşimi mutlu edemem, duygusuna kapıldım. Bu psikolojiden çıkamıyorum.

Filiz, hayatımın akışını değiştiren bir söz söyledi, allak bullak oldum.

— Aaa! Ne zaman öldü?

— Yıllar önce.

— Olur mu, ben onu daha geçen hafta memlekette gördüm.

Yeryüzünde ve gökyüzünde deprem mi var? Yoksa bu kez gerçekten çıldırdım mı? Tüylerim diken diken oldu. Yaşaması mümkün değildi biliyorum, ama yine de buz gibi oldum. Kulaklarım uğuldaya uğuldaya sordum:

— Neee! Kimi gördün kimi?

Filiz’in hiçbir şeyden haberi olmamış ya. Gayet normal cevap verdi:

— Yıldırım’ı gördüm.

— Olamaz! Benzetmişsindir.

— Olur mu öyle şey? Nasıl benzetirim? Konuştuk. Evlendin mi? diye sordu.

"Evlendim" dedim. "Allah mesut etsin" dedi. Bir de bana sıkı sıkı tembih etti: "Sakın beni gördüğünü kimseye söyleme. Özellikle Musa sakın duymasın" dedi.

Gözyaşlarım seller gibi akmaya başladı:

— Filiz bacıı! Doğru mu söylüyorsun Filiz bacı! Yıldırım'ım yaşıyor mu, ne olur bana doğruyu söyle, doğruyu sadece doğruyuuu sadece doğruyu.

Kendimi kaybetmişim.

Uyandığımda Filiz'le rüyamda konuştuğumu düşündüm. Detayları iyice hayal ettim. Gerçi, bazen tuhaf bir şey oluyor, insan gelecekle rüyayı ayırt edemeyebiliyor, ama bu rüyaya da benzemiyor. Ter içinde kalmışım. Atletimi çıkardım sıktım su gibi ter boşaldı lavoboya. Çıldırmanın eşiğindeyim yine. Yıldırım yaşıyor olabilir miydi? Hayır hayır! Yaşaması mümkün değil. Onca kurşunu elimden yedi. Zalimce fırlattım onu uçurumdan aşağı. Ordan düşen insan değil, mendil olsa parçalanırdı.

Üzerimi değiştirip balkona çıktım. Devamlı başımı yüzümü ovdum. Delirmemek için salavat getirdim. Saate baktım, sabah ezanına kırk beş dakika var. Aman Allah'ım! Bu ne şimdi? Adı ne bu işin? Baygın mı kaldım, yoksa uyudum mu? Ya da çıldırdım mı?

Banyoya girdim, aynaya bir baktım külden adama benzemişim. Rengim, ölü renginden öte başka türlü beyazlamış. Beyazlamış mı yoksa ölü karartısı mı çökmüş. Adlandıramıyorum. Bildiğim bir şey varsa o da ne hale geldiğimi anlatamam. O halimin tasviri olmaz, tanımı olmaz, tarifi olmaz, öyküsü olmaz, olamaz. Hani denir ya o "Anlatılmaz yaşanır" işte bu söz bana, tam da bana göre söylenmiş. Ölmek mi bu, kurşun gibi erimek mi? Yok yok işte o anın tanımı, tasviri yok.

Saatler sonra, kendime geldim. Hemen babamı aradım. Zavallı babam korkuyla açtı telefonu:

— Babaaa! Baba Yıldırım yaşıyormuş baba! Böyle şey olabilir mi?

— Kim söyledi?

— Filiz görmüş baba. Hem annesi de "Yıldırım duymasın" diye ağzından kaçırmıştı. Baba delirmek üzereyim. Ne olur bana bir şey söyle. Yaşıyor olabilir mi? Ben ona kaç el ateş etmiştim. Kocaman uçurumdan aşağıya fırlatmıştım. Yaşıyor olabilir mi?

— Olur mu öyle şey? Filiz benzetmiştir. Ya da sana biri eşşek şakası yapıyor Yıldırım'ı kullanıyor.

— Böyle şaka olur mu baba. Ben ölüyorum!

— Olmaz tabi. Ama Filiz biraz dengesizlik yapmış. İmkanı yok oğlum., Musa öldü. Artık geçmişte yaşama oğlum. Geçmişte yaşayanların geleceğe hazırlığı olmaz.

— Ben geleceği ne yapayım baba? İmanım olmasa, bir de ahdim olmasa binlerce genci kurtaracağıma dair, inan bu dünyadan giderim baba. Bu acıya dayanmak çok zor, çok zor baba. O zor atlatılamaz.

— Artık telaşlanma sen, Filiz'le ben konuşurum.

Yarın ararım onu. Ama anlayamadım oğlum. Yaşıyorsa üzülecek misin sevinecek misin anlayamadım.

— Baba! Canım babam benim, tabi ki çok sevinirim. Ama artık buralarda yaşayamam. Ona rastlarım korkusu beni başka türlü öldürür. Ama o ölmemiş olsun ben her şeye razıyım. Olabilir mi baba? Ama mezar bile yapmışım ona kayalar arasında. Bu mümkün mü?

— Sen merak etme oğlum, ben sana bunun aslını anlatırım.

— Ben yarın geliyorum baba. Mezarı açacağım.

— Gerek yok oğlum! Sen merak etme ben açar bakarım.

Gözlerim yerinden fırlamış, bedenim kaskatı olmuştu sanki! Zorla babama cevap verdim:

— Sen nerden bileceksin ki?

— Bilirim. Sen beni oraya götürmüştün oğlum. İşinden olma. Öğretmenlik doğru yapılırsa, imamlık gibi ibadettir oğlum. Görevini aksatma.

— Olamaz baba! O mezarı açıp kemiklerini bulmam lazım. Aksi halde uyuyamam.

— Peki sen bilirsin oğlum.

Babamı dinler miydim! İçime şüpheli ateş düşmüştü bir kere. Allah'ım ne olur mezar boş çıksın. Sabah çabuk olsun Allah'ım. Yollar kısalsın. Bir an önce varayım o kara yere. Allah'ım içimdeki ateşleri, içimdeki zindanları sonlandır Allah'ım! Çok yandım, çok pişman oldum. Yıldırım'ım yaşasın. Süleyman (as)'a emir ver, o da rüzgara söylesin, beni başka diyarlara taşısın Ya Rabb! Karanlık gecelerime bir ışık süzdür Allah'ım!

* * *

Sabah erkenden otobüsle yola girdim. Yine uzun yollar yine bitmeyen dakikalar. Bu nasıl hayat Rabbim!

Saatler bitmek bilmedi. Nihayet Kazamızdaydım. Hemen bir kazma kürek aldım. Söylemeyi unuttum. Mezarı da ben yapmışım. Hiç hatırlamıyorum, delirdiğim zaman yapmışım. Doğruca Yıldırım'ın mezarına gittim. onunla ve diğer arkadaşlarımla mangal yaptığımız yere baktım. Sonra ağaçlara, ağaçlar benimle konuştular sanki, kimi, "seni tanıdık, sen ne yüzle buraya geldin?" diyordu. Kimi, "defol burdan, masum genci şurda öldürdün." Evet, evet, bana belki kafayı yemişsin, diyeceksiniz, o da kabulüm. Ben kafayı yemiyeceğim de kim yiyecek. Ama hayır, ben kafayı yemedim, vicdanımın sesi bana ağacın yapraklarından yansıdı. Psikolojide var bunlar. Koca orman, koca koca ağaçlar bana hepsi bir yuh çektiler gibi geldi.

Yıldırım'ı uçurumdan aşağıya attığım yerden aşağıya doğru baktım ki aman Allah'ım! Filimlerdeki korkutucu uçurumlara benziyor. Tam anlamıyla korkunç. Güneş tepeye doğru yükseliyor. Mevsim sonbahar. Henüz yapraklar kurumamış. Çok severdim mavi gökyüzünün altında, kahverengi toprağın üstünde yeşil yaprakları seyretmeyi. Fakat böylesi acı bir günde hiçbir güzelin tadı olmuyor.

Ağlayarak aşağıya indim. Ordan bir yer bulup kayalıklar arasındaki Yıldırım'ı gömdüğüm yere geldim.

Aman Allah'ım o da ne?

Babam benden önce gelmiş ve baktım babam kemikleri çıkarmış.

O kemikleri görmek beni yeniden mahvetti:

Mezardan on metre kadar ötede çakıldım kaldım. Uzun süre kımıldayamadım. Sonra da mezara kapandım:

"Yıldırıııım! Yıldırım! Kardeşim benim! Seni böyle mi bulacaktım! Keşke mezarı boş bulsaydım."

Babamın bana acı dolu baktığını gördüm. Ama ben mezara kapandım.

Ağladım ağladım. Sarıldım kemiklere. Saatlerce orada kala kaldım. Babam da üzüntülü üzüntülü sadece beni izledi. Ne yapsın zavallı bana söz geçiremiyor ki. Sanki yeni yeni öldürmüştüm Yıldırım'ı, acısı o denli büyük oldu.

Babam zorla beni eve götürdü.

Yataklara düştüm. Yeniden aynı acıları çektim. Yeniden tekrar tekrar öldüm.

* * *

Bir hafta sonra banyodaki aynaya baktım. Bir daha baktım. Şoke olmuştum. Nasıl yani bu ben miyim? Saçlarım bembeyaz olmuş. Nasıl olmuşsa olmuş.

Annem durumu bilmiyor. Hayretle bakıyor saçlarıma. Çok acı çektiği öyle belli ki, tekrar gidişime de ayrıca şaşırdı, perişan halime anacağım bir anlam veremedi.

Kahvaltı yaparken, birden aklıma bir şey takıldı. Annem mutfaktayken babama sordum:

— Baba! O kemiklerin boyu bana biraz kısa geldi. Sana da öyle gelmedi mi?

— Biraz çekmiştir oğlum.

— Baba ölü kemikleri çeker mi?

— Çeker oğlum.

— Allah Allah! Ben ne kadar cahil kalmışım baba. Hiç duymadım bu konuyu.

— Eee oğlum, normaldir. Doğan insanlarla ölenlerin sayısı sonunda aynı olacak, ama hep insanın canlı haline ait bilgileri konu ediyoruz. Ölüm ne, yolculuk nereye bu konular pek gündemi meşgul etmiyor. Millet ölümü unutuyor daha doğrusu unutmak istiyor, kemikleri mi araştıracak? Bırak bunları oğlum. Kafana takma artık. Olanlar oldu. Düşmez kalkmaz, hiç aldanmaz, hiç aldatmaz olan bir tek Allah'tır. Bu olay olmasaydı tabii ki iyiydi, ama oldu ne yapalım. Artık kendini yıpratma oğlum. Geçmişteki hataya takılıp kalan geleceği değerlendiremez. Geçmişi kaldırıp atma, ama devamlı da onunla yaşama.

— Haklısın baba. Ama elimde değil. Kendimi affedemiyorum. Derdim beni öldürecek ve derdimden yoruldum baba. Kendimi öğrenci yetiştirmeye verdim. Bacak kadar çocukların aşklarıyla bile ilgileniyorum... Onlarla olduğumu belirtmek için ama kendimden kendimi kurtaramıyorum.

Babam düşünceli bakıyordu bana. Gözleri gözlerime değdiğinde babam gözlerime ateşi gönderiyordu. Aşırı üzülüyordu halime. Ama o da benim gibi çaresiz. Babam çok dürüst bir insan. Beni neden ihbar etmediğini merak ettim ilk defa.

Vakit gece yarısı oldu. Annem biraz rahatsız ve uykusu geldiğinden erkenden yattı. Biz babamla baş başa kaldık.

Babam ağladığımı yeni fark etti:

— Oğlum! Yine mi ağlıyorsun? Yusuf'u kuyuya atan kardeşleri senin kadar gözyaşı dökmedi.

Oğlum, insan çok tuhaf bir varlıktır. Hz. Adem'in iki oğlundan biri diğerini öldürdüğünde ona ne cinlerin ne de insanların şeytanı musallat oldu, o sadece nefsine yenik düştü. Kardeşini Allah'tan kıskandı. Kimileri kız kardeşiyle filan der doğru değil. Doğrusu onun ihlasını kıskanması oldu. Ölen Kabil Allah'a ihlasla bağlıydı. Habil de ihlaslı olmak yerine onu kıskandı. Günümüzde de var Habil kılıklı insanlar. Kardeşinin ihlaslı çalışmasını kıskanır. Onun gibi olayım, diyeceğine onun çalışmalarına engel olmaya kalkar. Yani oğlum, insan hatalar yumağıdır. Aslolan hatadan dönmesini bilmektir. Sen bildin, hatanı anladın, pişman oldun, Allah'tan af diledin diliyorsun. Tövbe de ettin ve ediyorsun da. Yeter artık oğlum. Sen aldanmıştın, anla bunu artık.

— Beni bu yüzden mi ihbar etmedin baba?

— Evet! Sen aldanmıştın ve hatanı gördün. Yanlışını savunsaydın ihbar ederdim yavrum, ama sen öyle yapmadın? Onun için yanında yer aldım.

— Evet baba yanımda yer aldın. Sana ömür billah teşekkür etsem, minnettarlığımı ve teşekkürümü yine bitirememem. Sahi baba, Hazar nerde?

— Ablanda kalacak. Ablan doğuma hazırlanıyor da.

Birden yerimden fırladım. Babama yüksek sesle sordum:

— Baba! Sen böyle bir hata yaparsan cahiller ne yapmaz ya?

Babam keza beyefendi olduğundan, benim tavrıma şaşırarak bana baktığı halde, asaletinden asla ödün vermedi:

— Ne oldu oğlum?

— Bu gibi durumlarda, baldız değil, kayın valide gider yardıma. Ya da hala teyze falan.

— Aman oğlum, kafamda akıl mı kaldı?

— Ne oldu ki baba. Yıldırım dünle bugün ki bir iş değil ki, bilmediğim bir şeyler mi var?

— Yok be oğlum, bildiğin şeyler. Malum hepimiz acılar çektik. Acımız anca dinmeye başladı. Biliyorsun aşırı acı çekmek aklı biraz durgunlaştırıyor.

Babam Osmanlı salonları gibi donatmış olduğu salonda gezinmeye başladı. Zevk sahibidir babam. Ama ben ona zevkini yaşama morali bırakmadım. Biraz daha konuşup yatmaya gittim.

Yatağa yattığımda hâlâ olayları gözden geçirmeye devam ettim. Yıldırım'ın annesi, Filiz ve kemiklerin boyu. Bunların hepsi rastlantı mı? Yarın ilk işim Filiz'i bulacağım. Ona bu oyunu biri mi oynattı? Oynattıysa bu kim? Niye? Allah'ım! Aklımı koru. Şüphelerimi sonlandır.

Şüphe içinde yatanın, zindana gözlerini açtığını artık daha iyi anlıyorum.

* * *

Sabah namazında camiye gittim. İmam o kadar güzel kıldırdı ki, namazı ruhum yudum yudum feyizle içti. Babam benden önce çıkmış camiden. Ben en son çıktım. Köylülerim birer birer yanıma gelip hal hatır sordular. Sonra gittiler tabi. Ben de biraz imamla sohbet edip eve doğru yürüyordum. Güneş yeni doğdu. Köylüler çoktan tarla işlerine başlamışlar bile. Mustafa Kemal'in bir sözü çok hoşuma gider, kendisiyle uyuşmaz fikirlerim, ama "Köylü milletin efendisidir." demiş ya, o halde neden onu sevenlerin çoğu köylüyü adam yerine koymaz? Bir de aynı köylüye Kur'an okuması, ezanını orijinal haliyle dinlemesi yasak edilmeseydi... Cahil Müslümanların faturası İslâm'a kesilmeseydi... Devrimler dine karşı yapılmasaydı... Amaaan! Ben şimdi neden saçmalıyorum adamın dine karşı işleri var bu doğru. Ama köylü için söylediği bu güzel sözü kötü yapmaz ki.

İşte şu kadınlar ve erkekler tarlaya giderken, bunların çalışmalarının eseri ekmeği, peyniri yiyecek olan şehirli hâlâ uykuda.

Yavaş yavaş yürüyorum. Gökyüzünde ressam çizmiş gibi duran bulut manzarası var. Toprak kahverengi gri karışımı gibi duruyor, Kabak tefekleri avlulardan aşağıya doğru sarkmış, kabaklar dizim dizim asılmış, mısır koçanlarıyla duruyor bazı bahçelerde. Dere yatağında bu yıl su yok gibi, eşekler yük taşımak üzere köy dışına götürülüyorlar. Bazı horozlar arada bir hâlâ ötüyor... Kiminin öküz arabası, kiminin Renosu kapıda. Herkes topladığı ekinin korunması derdinde. Aniden bir yağmur yağsa ki, yağmur kapıda görünüyor, bu insanların emekleri mahfolur. Bazı yüzlerde telaşı farkediyor insan. Daha önce mevsim son bahar, dedim amma yanlış söylediğimi şimdi anlıyorum, henüz son bahara tam girilmedi, ama az kaldı. Arada bir kediler ve köpekler görüyorum. Tavuklar da. Şu köyler ne kadar güzel yerler böyle. İnsanın içinde acı olmayacak, tablo seyreder gibi seyre dalacak köyü.

Evimizin önüne geldiğimizde Yıldırım'ın evine baktım. Gözyaşlarımı içime akıtarak evimize girdim. Annem kahvaltı hazırlamış, babam masada beni bekliyor, ben de oturdum sandalyeme, adeta kendimi moloz yığını gibi hissederek.

Annemin hazırladığı özel kahvaltılıklarla kahvaltı yaptık. Anneciğimin ellerini öpüp ona sarıldım, Hemen ablamın yanına gitmesini rica ettim. Kabul etti. Erkenden yola çıkmamız gerek, babam beni otobüse kadar götürdü. Yol boyu bana vaaz verdi. Tam otomobilden inerken yüzüme baktı:

— Sana bir şey söyleyeyim mi oğlum, senin suçuna aslında ben de ortağım. Sana İslam'ın özünü anlatmadım. Özünü o zalimler anlattı, İslâm'da, gerçekten din işi devlet işi ayrı değil. İslâm; Müslümanın devleti de kucaklamasını istiyor. Laikçiler ise, devleti kendileri kuşatmak istiyorlar. Bu yüzden Müslümanı devlet işlerinden uzaklaştırmak için çevirmedikleri entrika yok. Çağdaş putçular şeytandan korkunç geliyor bana. Onlar İslâm'ın doğrusunu anlattı ama çıkarları gereği sizi yanlış yönlendirdiler. Ben hem özünü anlatsam hem de doğru çizgi vereydim bunlar olmazdı. Beni affet. İslâm'ın heyecan ve devlet yönetimine ait yönlerini söylemiyordum.

— Baba, belki haklı payın vardır. Ama ben o zamanlar Allah'ın emrinden çok heyecan arıyordum demekki. Sen üzme kendini.

— Peki öyle olsun. Haa, okul müdürüne vahim bir

olay olduğu için senin bir hafta izin istediğini söyledim, otobüse bindiğin gün. Çünkü o saatte okul müdürü gelmiş olamazdı. İzin almadığını anladım. Yapma yavrum. Kurallara uymayan, işçi memur kim olursa olsun saygınlığını kaybeder, işinin hakkını vermeyen, hakkını hakkıyla dile getiremez. Bunları sen biliyorsun ama bir de ben anlatayım, dedim.

Gök gürültüsü tepemizde gürlerken babamla vedalaştım. Gerçekten baba babam. Ne ince insan, benim yerime izin almış. Benim kendimi kaybettiğimi biliyor. Aman Allah'ım ben ne yaptım! Filiz'i, Filiz'i unuttum. Otobüsü durdurup indim.

Taksi tutarak annemden Filiz'in telefonunu aldım.

Fakat annem çok şaşkındı:

— Allah Allah! Filiz Hanım'ın telefonunu baban da aldı. Hem de dün aldı. Sen de bu gün alıyorsun. Ne oldu ne var oğlum?

— Bir şey yok anne. Babam benim işlerimi hep benden önce halleder ya yine aynı şeyi yapmış, ama ben kendim konuşacağım. Çünkü Filiz Yıldırım'ı gördüm, dedi bana.

Annem şaşkın şakkın konuştu:

— Ya, geçen gün de annesi, Yıldırım bana bilezik aldı, dedi. Acaba bu çocuk yaşıyor mu oğlum? Sonra da "Şimdi değil, yaşarken aldı" dedi. Peki ölmeden aldıysa ben neden görmedim?

— Anne, sen annesinin ağzını iyice ara. Delireceğim anne. Şimdi Filiz'le anlayacağız.

Telefonu açtım. Filiz karşımdaydı:

— Filiz Hanım merhaba. Ben Musa.

— Merhaba Musa Bey. Buyurun.

— Filiz Hanım. Siz Yıldırım'ı nerde gördünüz?

Filiz üzgündü:

— Ben size bir oyun oynadım Musa Bey. Daha doğrusu Ayşe yaptırdı. Sizin, arkadaşınızın ölümünden dolayı evlenmeyeceğinizi duymuş. Size "Yıldırım yaşıyor" diyelim bakalım ne diyecek, dedi. Ben de arkadaşıma yardımcı oldum.

Sinir tepeme çıkmıştı. İçimden küfür etmek geldi, ama serde beyefendilik ve dindarlık var o yüzden hırsımı içimde eritmeliydim. Kibar insan bir de dindarsa ağzını daha güzel kontrol etmeli. Ben de böyle yaptım:

— Ama Filiz Hanım nasıl olur? Sizin sözünüz üzerine ben işimi bırakıp buraya geldim. Neyse. Ayşe'nin telefonunu verir misiniz?

— Tabii.

Almıştım telefonu. Ama kalbim titriyordu. Numarayı cebime koydum. Sanki cebimdeki telefon numarası değil de, Ayşe'nin kendisiymiş gibi bir hal aldı beni.

Tekrar otobüse bindim. Hayatımı gözden geçirdim.

Biraz insanların neler konuştuğuna kulak kabarttım. Kendilerince önemli olan konuları konuşuyorlar. Arkamdaki koltukta oturanların biri devamlı Demirel'den biri İstanbul Belediye başkanı Recep Tayyip Erdoğan'dan bahsediyor. "Bu çocukta iş var Salih. Öyle kafası çalışıyor ki, İstanbul susuz kaldı, ta 200 kilometre uzaktan İstanbul'a su getirdi. Cin gibi, bilmediği bir şey yok. Kimileri de Mehdi diyorlar ona. Yakışır mı, ona her şey yakışır. O kadar çok iftiraya uğradı hâlâ kimseye küfretmedi. Gelecekte başbakan olacak, diyorlar. Olur mu olur. Yakışır mı yakışır valla."

Bu söze Demirel'ci çok sinirleniyor. "Git lan! Biz Tayyib'i muhtar bile yapmayız. Nasıl başbakan olacak?" Öteki adam oldukça zeki. "Ne o ağabey, bu ülkede ne zamandan beri başbakanı size sorup seçiyorlar? Kimsiniz ya siz! Konumunuz, kariyeriniz ne?"

Onlar tartışmalarına devam ederken yan koltuklarında oturanlara kulak misafiri oldum. Kastım, düşüncelerimle baş başa kalmamak ya konu arıyorum. Kasketli olan adam: "Benim tarla bu yıl bana küstü. Verim yok. Ama benim gabahatım büyük. Tarlaya bakamadım. Oğlumun o hastalığa yakalanması kollarımın ferini aldı götürdü." Yanındaki arkadaşı çok şaşkın. "Hadi ya! Yahu sen oğluna üzülür müydün? Hiç ilgilenmediğin söyleniyor."

Oğlu has ta olan adam bu sözden sonra sustu. Onun susması dikkatimi çekti. Ön koltuğun arkasındayım, gözlerimi yola diktim. Aklım adamda. Hâlâ ses yok. Adam resmen sustu. Şöyle göz ucuyla bakayım, dedim adamın yüzüne. Bir de baktım adam ağlıyor. Gözyaşları sessiz sessiz süzülüyor yanaklarından. Demekki oğlunun hastalığına önem vermiyor görünmüş, çocuk panik olmasın diye, ama kendisini de üzüntüden yemiş bitirmiş. Ne ilginç!

Sonra kendime döndüm. Kendimi, içine molozlar biriktirilmiş, iç duvarları yıkılmış, sadece dış duvarları duran, camları kırılmış, örümcekler yuva yapmış, bir binaya benzetiyorum.

Bir garibin teknesinin alabora oluşu gibi, travma üstüne travma yaşayarak içimi her şeye benzeterek Diyarbakır'a döndüm.

Kendimi yatağa bir attım, ancak ihtiyaçlarım için kalktım.

Ayşe'ye hâlâ telefon açamadım.

Öğrencilerim beni bekliyor. Mesaj çekiyorlar "Sensiz derslerin tadı yok" diyorlar. Esin'den ses yok tabii. Bu tip gençler kimseye iltifat etmezler. Çünkü iltifata layık sadece kendileri vardır, başkasına iltifat edilemez. Bu tipler hep başarısız adımlar atarlar. Toplumda sevilmezler. Hiçbir yerde kabul görmezler.

Kısır bir döngü içinde dönüp dönüp duruyorum. İçimde fırtına kopuyor. Ama dışımda bu fırtınadan eser yok. İşte onun için ben insanların dış görünüşündeki mutlu tabloya hiç inanmam. İnanamam. İnsan içinde dağlar saklayan bir varlık. Öyle ilginç kas yapımız var ki, içimizi dışımıza istersek taşıyor. Mimiklerimiz bile saklıyor gerçeği.

Şimdi ben ne yapayım? Benim yerimde inançsız biri olsa, içkiye müracaat ederdi bu kesin. Tabiki ben de duaya, ibadete müracat edeceğim ve ettim de.

İnançsız biri olsam zaten çoktan intihar etmiştim. Uyuyorum olmuyor, kitap okuyorum olmuyor, olmuyor derken, demek bunları da yapmasam kafayı yiyeceğim.

Yarın derse başlıyorum. Yine bir şey yokmuş gibi sınıfa gireceğim. Yine kendimi unutup öğrencilerime ders vereceğim. İyi ki öğrencilerim var. Onlar da olmasaydı ben ne yapardım. Bir Yıldırım'ı yok ettim, Allah'ın izniyle milletime beş yüz Yıldırım hediye edeceğim duygusu yaşama sevincim oldu.

* * *

Sınıftayım.

Arkadaşlar bir kelime üç aşamada ele alınır.

1. Sözlük olarak anlamı.

2. Terim olarak anlamı.

3. Kavram olarak anlamı.

Ülkemizde birçok insan, kelimelerin sözlük anlamıyla terim anlamını, terim anlamıyla kavram anlamını birbirine karıştırır. Şimdi size bu açılımı öyle vereceğim ki, bir daha unutamayacaksınız. Değerli filolog hocam Yaşar Kaplan bu konularda çok titizlik gösterir. Size sunacağım bu konudaki her şeyi kendisinden öğrendim, kendi üslubumla sizlere sunuyorum. Çünkü onun bir konferansına gitmiştim. O konferans uyanışıma ışık tuttu. Bir de baktım ki, kitapları da çok faydalı ve çok güzelmiş. Zihnimin miladı oldu onun kitapları. Allah Allah nereden nereye geçtim.

Önce şunu iyi bileceğiz, kavramla, sözlük anlamı, terimle deyim ve atasözleri birbirine karıştırılıyor.

Şunu unutmayın, bir şeyin terim anlamı dünyanın her tarafında aynı yorumlanmak zorundadır, mesela tansiyon aleti. Fakat kavram böyle değildir. Çünkü kavram ideolojik ve siyasi platformda kullanılır, böyle olunca da bir kavram her yerde değişik anlamda yorumlanır. Demokrasi ve laiklik gibi. Terim sanat ve teknik konularda kullanılır. Mesela, matematik, anksiyete, roman gibi terimler her yerde aynı anlamda yorumlanır. Fakat siyaset ve ideolojilerdeki kelimeler yani kavramlar böyle değildir. Örneğin, laiklik. Her ülkenin laiklik anlayışı farklıdır. Bizdeki laiklik, herkes inancını istediği gibi yaşar kimse kimseye karışamaz, şeklinde yorumlanır. Gerçi, bizde de yorumlar ikiye ayrılır. Dindar çevrenin anladığı laiklik. Dinsiz çevrenin yorumladığı laiklik. Bu da kendi içinde ikiye ayrılır. Şöyle denebilir, laiklik kavramının bir halk tabanında yorumu vardır bir de devlet tavanında. Herkese göre yorumu farklı. Neden? Çünkü terim değildir. İçimden kendi kendime konuşmaya başladım. Allah Allah ben aynı şeyleri tekrarlıyor muyum? Evet galiba öyle. Demek ki çok acı çektim üç gündür, dengem bozuldu. Neyse şu birkaç kelimeyi daha açıklayayım da.

Lügat manasıyla, terim veya kavram manası birbirlerinden farklı şeylerdir. Mesela Fenerbahçe. Lügat anlamı, bir semtin adı, terim anlamı futbolda bir takım, kavram anlamı yok. Alet, bıçak, lügat anlamı, kesici alet, terim anlamı yok, kavram anlamı yok. ABD lügat anlamı, alfabemizin bir, iki ve beşinci harfi. Terim anlamı yok. Kavram anlamı, Amerika Birleşik Devletleri.

Sünnet: Lugat olarak anlamı, birinin yaptığı, prensibi, yol, terim anlamı Peygamberin yaptıkları, takip ettiği yol. Kavram olarak ta, siyasi literatüre din olarak girmesi.

Muhammet söz istedi.

— Hocam, ben soru sormak istiyorum. Fakat Türkçe ve Edebiyat öğretmenine dini soru sorulmazmışya o yüzden biraz çekiniyorum.

— Bana sorabilirsin. Çünkü din dersi öğretmeni kadar değilse de ona yakın bilgim var. Bildiğim bir şeyse soruna cevap veririm.

— Hocam! Namaz kılarken insanın içine kötülük gelirse namazı bozulur, günaha girer mi?

— Hayır! İnsanın elinde olmayan kötü düşüncelerinden dolayı günaha girmez, namazı da bozulmaz ama yine de bir "estağfirullah" demek lazım.

Nazlı kalktı:

— Hocam, siz de her şeyi siyasileştiriyorsunuz. Sünnetin söylediklerimizle ne ilgisi var?

Nazlı'ya baktım. Ona "sen ne anlarsın bu tür oyunları, sen yıllarca çağdaş yobazların, çağdaş gericilerin tuzağında büyümüş bir kızsın" diyecektim. Sonra vazgeçtim:

— Henüz yaşın bunları anlamaya müsait değil Nazlı.

Kızgın kızgın baktı yüzüme:

— Beni küçük görüyorsunuz yani.

— Hayır küçük görmüyorum, ama henüz tecrüben müsait değil. Senin bunları anlaman için, önce onların yaptıkları adaletsizlikleri, milletin gözünün içine baka baka yaptıkları hakaretleri görebilmen gerekiyor. Şu üniversite sınavındaki katsayı katliamını görebildin mi Nazlı?

Çok gerçekçi bir kızdı Nazlı:

— Tabii gördüm. Bence bağnazca, zalimce bir tutumdu.

Sevindim tabiî, belli etmeden devam ettim:

— Evet, iğrenç bir durum. İmam Hatiplere yapılan katsayı uydurmasıyla, İmam Hatipliden puan düşürme adaletsizliğinden sonra, laiklere hiç güvenim kalmadı. Neymiş imam hatipliler matematik dersi görmüyorlarmış. Cahil soytarılar! İmam Hatiplilerin normal lisedeki derslerin hepsini gördüklerini bilmiyorlar. Bunlar putçudur. Putçular gerçeği idrak edemezler. Seni de tebrik edemeden geçemeyeceğim Nazlı. Bir soru daha. Sivas'taki Madımak otelinde yangını kendileri çıkartıp, sonra Müslüman gençlere mal ettiklerini biliyor musun?

Yine Nazlı verdi cevabı:

— Hayır! Orayı dinciler yaktı.

— İşte burada aldatıldın. Biri olmasa birinde tuttururuz diyorlar ve tutturuyorlar. Müslümanlar, aldanır, adam öldürebilirler, ama insan yakamazlar. Yakarak öldürmek kesinkes İslâm'da yasaktır. İşkence yasaktır ve bunu her dini bütün Müslüman bilir.

Her Müslüman bilmeli, bunu, dünya bilmeli. Müslümanlar öldürse de işkence etmez, iftira atmaz. Yaparsa, o, Peygamber ifadesiyle, bizden değildir, yani Müslüman değildir.

Aslı devam etti:

— Peki hocam, neden böyle bir şey yapsınlar ki? Otel yakmak, otuz altı aydını yakmak kime fayda verir?

— O soysuzlara verir. Onlar akbaba gibi pislikten beslenirler. Hâlâ besleniyorlar. Ülkede anarşi meydana getirmek, dinciler yaptı, demek onlar için zafer oluyor. Çünkü tükendiler. İftiradan başka sermayeleri yok. Beslenecekleri, kendilerini ifade edecekleri bir görüşleri yok. Atılımları yok. Buluşları yok. Hiçbir şeyleri yok. Hiçler, artık resmen hiç. Hiçleşmek işte budur. Artık katliamları Müslümanların üzerine atarak oralardan nemalanmak.

Nazlı şaşırmıştı:

— Nasıl ya? Birileri kendi adamlarını mı yaktı?

— Evet. Dumanda boğuldular. Ben cesetleri görmüştüm, gerçi ister yansın ister dumandan boğulsun sonuçta otuz atlı can gitti. Yıllardır o canlardan nemalanıyorlar. Çünkü yapacakları başka bir işleri kalmadı. Her alanda Müslümanlar başarı gösteriyor. Kudurdular. Size bir örnek vereyim arkadaşlar. Haşim Bayram adında biri çıktı ortaya. Kombassan adında şirketler gurubunu kurdu. Adam bir dahi idi. Çok büyük başarı gösterdi. Adamı dinci diye pislik bulaşmış dilleri ve kalemleriyle yaftaladılar. Yeşil sermaye dediler. Üretimini durdurdular.

Dönemin hükümeti korkak davrandı. Medyanın oyununa geldi ve devasa başarıyı devlet gücüyle alaşağı ettiler.

Bunlar böyledir. Ayette geçtiği gibi, Müslümanların iyi işlerinden rahatsız olurlar, Müslümanların başına kötü işler gelirse sevinirler, ülke lehine de olsa bunlar Müslümanların başarısından rahatsız olurlar. Onlar nelere sebep oldu bir bilseniz. Benim tanıdığım bir genci bile arkadaşlarına öldürtmeyi başardılar. Müslümanların her hatasına kanarlarken, kendi rejimleri genelevlerinde kadın satışına izin verdiğini düşünen bu çağdaş reziller, kendi sistemlerinde binlerce canı helak ettiğini hâlâ görmüyorlar. Putçular müşriktir ve gerçeği asla göremezler.

Esin atıldı bu kez:

— Hocam sınıfta siyaset yapıyorsunuz. Ben rahatsız oluyorum bundan. Neden bu konuşmaları sınıfta yapıyorsunuz?

Bu soruyla adeta çileden çıktım:

— Neden konuşmayacağım? Şu anda en az bin putçu

öğretmen, öğrencilerin beynini İslam ya da Müslümanlar hakkında iftirayla dolduruyor. Ben neden gerçeği doldurmayacağım? Öğrencimi uyandırmam lazım. Bütün öğretmenlerin görevi öğrencilerini aydınlatmaktır. Ülkemizde aydınlık, ancak bu putçu zihniyetin anlaşılması ve fikirlerinin ortaya çıkmasıyla olur. Şurada bu kelimeyi ilk ve son defa söylüyorum.

Putçuların hakimiyeti,
sona ermeden
bu ülkeye
asla
ve asla
aydınlık
gelmez!
Bunu
u
nut
ma
yın!

Sen Esin! Kim bilir kaç kez İslam'a gericilik dendiğini duymuşsundur. Hem de derste, peki o hocaya; "Siz resmen İslam'a çağdışı diyorsunuz, buna hakkınız yok" dedin mi? Açıkça doğruyu söyle.

— Evet, haklısınız, demedim. İçimden rahatsız oldum.

— Seni tebrik ediyorum. Dürüstçe söylediğin için.

Nazlı da girdi konuya:

— Bizim koyun bir yanımız var hocam, kurdu görünce sesimiz çıkmıyor, çobanda ağzımız açılıyor. Ben dediğiniz türden öğretmene çok rastladım. İnanın koca sınıfta bir ben itiraz ediyorum." Biz millet olarak kendimize hakarete asla müsaade edemeyiz. Siz Allah'tan daha doğruyu mu bilirsiniz?" diye sordum hocalarıma.

Kenan adındaki öğrenci kalktı:

— Bir defasında bizim hocalardan biri, "Muhammed'in getirdiği bağnazlıktır" deyince, ayağa kalktım: "Hiç kimse dinimize inansın diye kimseye baskı yapamaz. Ancaaak, hiç kimse de İslâm milletinin evlatlarının gözüne baka baka onların dinine hakaret edemez! Çabuk bizden özür dile" dedim, diledi.. Sonra sordum, "Peygamberimiz ne getirdi, dedim? "Ne getirecek, İslam'ı getirdi" dedi, ben de fırladım saldırdım ona, neye uğradığını şaşırdı. Biz İslâm milletiyiz.

Kemal'e baktım içim bir hoş olarak:

— Aferin Kemal, çok iyi yapmışsın, dememi beklemiyorsunuz değil mi?

— Hayır, sizden bir şey beklemiyorum. Sordunuz cevap veriyorum. Kuzular sınıfından değiliz hocam. Tepkimizi gösteririz. Biz Türk'üz bir kere.

— Teşekkür ediyorum. Fakat şunu unutmayın, fikre karşı fikirle cevap verilir. Onlar şiddete başvurmadan siz şiddete başvurmamalısınız. Ayrıca, Nazlı'nın kurt çoban misali çok güzeldi. Bir şey daha, sen Türk olduğun için değil, Müslüman olduğun için İslâm'a hakareti hazmedemedin. Unutma, o hakaret eden öğretmen de Türk'tü ama, soysuz biriydi değil mi? Demek ki Türk olmak her insan için kalite demek değildir. Unutmayın, Cumhuriyet Halk Partisi iktidarında Kur'an'ı ayaklar altında çiğnetenler de Türk'tü.

* * *

Ohh! Yıldırım'ı düşünmeden bu gün yarım gün yaşadım. Yıldırım keşke ölmemiş olsa, onun boynuna sarılsam, ağlasam doya doya, sonra kapansam ayaklarına... Ben aldandım kardeşim, oyuna geldim... Tuzağa düştüm... Ne olur beni affet, desem. Ama onun yüzüne nasıl bakarım. Aman Allah'ım! Öleyim daha iyi.

Ey olmayacak hayallerim, hülyalarım rüyalarım. Ah bir gerçek olsanız. Karşıma çıkıverse Yıldırım. Ama olacak iş değil ki, nasıl çıksın. O kayalıklardan aşağıya yuvarlanan birdaha yaşayabilir mi? Üstelik kaç tane kurşun yedi.

Vah vahh! Vah-vah ki ne vah vah.

Kıydım sana arkadaşım. Olmadı biliyorum olmadı. Ahrette yüzüne nasıl bakacağım onu bilemiyorum. Ey yıllarımın hayalleri Ayşe. Seninle nasıl evlenirim? Onu kara toprağa soktum.

Gözyaşlarım yine sel oldu.

Gecenin de yarısı...

Kalkıp yatayım, yarın görevimin başına gideyim. Söz

verdim, Yıldırım'a karşı beş yüz öğreniciyi tam bilinçli yapacağım. Allah'ım izin ver, bu hayalim gerçek olsun.

* * *

Nazlı bir alem. Bu gün gelse bana ne dese iyi, "16'nın kare kökünün dört oluşu beni neden ilgilendirsin? Ben bunu hayatımın neresinde kullanacağım?"

Kız haklı. Ben öğretmenim, hâlâ matematikte nerede kullanılacağını bilemediğim onlarca konu var. Kimin hangi mesleği seçeceği bence orta okulda bilinmeli. Herkesin gideceği kategori bilinip öğrencilere ona göre öğrenim verilmeli ona göre eğitilmeli.

Ben yine Yıldırım'a geleyim. Acaba hangi amaçla onu bana öldürttüler? İbrahim'in bahsettiği örgütle bizimki aynı örgüt mü? Evet evet, bunlar mutlaka işbirlikçi. Acaba sayılarımız eksilsin, diye mi yaptılar bunu. Bu nasıl bir örgüt? Derdimi kiminle paylaşayım? Bu dertten nasıl kurtulayım. Sahi, babam Yıldırım'ı öldürdüğümü nasıl öğrendi? Aklımdayken sormalıyım. Saat henüz geç değil. Bir telefon merakımı giderir.

Telefon tuşlarına basarken heyecanlandım. Acaba herkes mi biliyor? Telefonu annem açtı. Biraz konuştuktan sonra annemden, babamı istedim. İki cümleden sonra sordum:

— Baba, sen konuyu nerden öğrendin?

— Hangi konuyu oğlum?

— Baba telefonlar dinleniyor hangi konu olduğunu biliyorsun:

— Bana, sen söyledin yavrum. Bir gün seni ziyarete geldiğimde, ağladın başını omzuma koyup, "Babacığım ben ne yaptım biliyor musun" deyip her şeyi anlattın. İkimiz birden uzun süre ağlaştık.

— Yaa! Peki senden başkası biliyor mu?

— Hayır! Ziyaretine bu yüzden kimseyi getirmedim. Annene de ne hikmetse açılmadın. Akıl gitse de bilinç altında annenin o konuyu tartamayacağı varmış demek ki.

— Teşekkür ediyorum baba. İyi ki sen benim babamsın. Başka babalarla kendimi güvende hissedemezdim:

— Ben de teşekkür ediyorum oğlum. Bana baba olmamın zevkini tattırdın. Nice babalar var, baba olacağıma köpek olsaydım, diyor.

Vedalaşıp telefonu kapattım.

Baba dediğin işte böyle olur. Her sözü şefkat dolu.

Ohh be rahatladım. Kimsenin bilmemesi güzel!

Siparişle alçaklaşan Musa, millet duysa ne olur.

Yarın Ayşe'yi mutlaka arayacağım. Allah izin verirse. En azından kız umudunu kessin. Evlensin biriyle. Bir kıza umut verip onu öyle bırakmakta bir cinayettir. İkinci cinayeti işlemeyeceğim.

Rahatlamış olarak namazımı kılıp yattım.

* * *

— Ayşe sen misin?

— Benim buyurun.

— Ben Musa.

Adeta hayat durdu. Ben de çok heyecanlıydım. Onun heyecanını görünce benim heyecanım arttı. Ben yine de konuştum, ama kızcağız uzun süre konuşamadı:

— Ya, merhaba. Nasılsın?

— İyiyim ya sen?

— Ben... Ben bildiğin gibi. Daha doğrusu, bilemediğin gibiyim.

— Ben anlayamadım, iyi misin kötü müsün?

— Kötüyüm,

— Yıllardır o yüzden mi aramadın?

Bana bir açtı ağzını yumdu gözünü:

— Yiğit, sevdiğini arar da durur. Beni kendine bağladın sonra sırra kadem bastın. Bunun adı ne? Sence delikanlılık mı? İnsan sözünde durdukça insanlaşır.

— Haklısın Ayşe. İnan bana seni çok aradım Ayşe, ama bulamadım. Taşınmışsınız. Eee sen ne yapıyorsun?

— Bildiğin gibi çalışıyorum yine.

— Ya... iyi iyi çalışmak güzeldir.

Ya ben ne saçmalıyorum böyle. Kız da beni manyak sanacak. Düzgün konuşmam lazım.

— Ayşe, seninle ilgili hayallerimi artık biliyorsun. Fakat ben... Fakat ben...

— Rahat ol lütfen. Neyse söylemek istediğini söyle.

— Benim arkadaşım öleli...

— Haa, şu senin öldü sandığın Yıldırım. Hayır o ölmedi.

— Öldü öldü. Hem de çok feci bir ölümle öldü.

— Hayır ölmemiş. Filizle konuşmuş. Ben de gördüm onu.

— Ne... Ne zaman?

— Yaklaşık bir yıl var.

— Ne... nerde?

— Ben yolcu uğurluyordum. O da uçaktan inmişti selamlaştık.

— Ayşe, Filiz bana böyle bir oyuna senin sözünle başvurduğunu söyledi. Yapma ne olur!

— Aaa! Ne oyunu?

— Hani sen beni denemek için Yıldırım yaşıyor dedirttin ya!

— Aaa! Üstüme iyilik sağlık. Böyle bir iftira da hiç görmedim.

— Ne diyorsun Ayşe! Söylediklerin gerçek mi?

— Evet tabiî ki gerçek. Bunda şaşılacak ne var?

— Aman Allah'ım! Aklımı oynatacağım. Seni sonra ararım Ayşe affedersin.

Yıldırım hızıyla yine babamı aradım:

— Baba ya, delirmek üzereyim! Ne olur bana bir şey söyle baba! Ayşe de görmüş Yıldırım'ı. Kız çok kesin konuşuyor. Bu nasıl şey baba ya?

— Oğlum, ben sana söyleyeyim, kızlar çok zekidirler, öğrenmek istedikleri bir şey, farenin deliğinde olsa fareyi köprü yapar o şeye ulaşırlar. Kız senden süphelendiği için bu yola başvurdu oğlum. Gördün, kemikleri bile gördün oğlum, daha ne görecektin?

— Bilmem ki baba, konuşması hiç yalana benzemiyordu. Öte taraftan dediğin gibi görmem gerekenleri de gördüm. Off Allah'ım! Delirmek üzereyim.

Telefonu kapattım.

Beynimde bir zonklama, çıldırıyorum. Başımı duvara vurmak geliyor içimden. Gel de uyu yarın işe git. Hayır! Yine izin alıp memlekete gideceğim. Ama nasıl gideyim. Bu hafta sonu, onuncu yıl buluşmamız var. Biz birbirini seven arkadaşlar, sözleştik on yılda bir buluşup neler yaptığımızı birbirimize anlatma prensibimiz var. Yeminliyiz hepimiz. Gitmeliyim. Ayşe'nin sözü hep kulaklarımda. Peki ne yapayım? Ayşe'yi arayayım.Yemin vereyim.

Çok geçmeden Ayşe'yi yine aradım.

— Ayşe! Ne olur! Sana yalvarıyorum. Bana doğruyu söyle. Yıldırım'ı gördün mü?

— Gördüm, dedim ya.

— Yemin et. Dinine imanına, namusuna şerefine. Bu nasıl yeminse eder misin

Ayşe durakladı:

— Ben yemin etmeyi sevmem.

— Sevmesen de benim için yemin et ne olur! Bu haber benim hayatımın haberi. Bak kalbim durdu duracak.

— Senin kalbin daha önce durdu sanıyordum ben o hâlâ çalışıyor mu?

Ayşe Laz kızı, sözünü esirgemez. Ben çıldırıyorum, kız ne bilsin!

— Ayşe ne olur yapma! Ben yeterince darbe almışım zaten.

— Kaderinden mi aldın darbeyi?

— Hayır, ben kendimden aldım. Bunları konuşamam şimdi. Bana yemin et.

— Edemem.

— O halde bana oyun yaptın. Bunu yapmamalıydın. Gerçekten kötü oldu.

Telefonu kapattıktan sonra cinnet halinde devamlı evin içinde döndüm durdum. Eğer her seferinde, hasbin Allahu veniğ'melvekil, demeseydim kesinlikle deprasyona girerdim.

* * *

Derse gireceğim sırada müdür çıktı karşıma. Biraz çekingen, biraz sinirli halde:

— Hocam ya, öğrenci velilerinden yine şikayet var.

Yüzüne baktım. Gavurluğundan yaptığını biliyordum. Bu müşriklerin bir saldırma sistemleri vardır. Devamlı şikayet, ederler. Yıldırma politikası. Yani biraz sessiz gördüler mi insanın tepesine çıkarlar. Bunu bildiğim için duruşumu belirttim:

— O halde gereğini yapın.

— Musa Bey, ben tatsızlık istemiyorum.

Utanmaz. Bir de numara yapıyor. Cahil putçu, hain yobaz! Haberi yok, Diyarbakırlılar bir bilse bana din yüzünden zulmettiğini, onun suratına birkez bile gülmezler. Sert sert cevap verdim:

— Tatsızlık istemiyorsanız o halde yapmayın.

Direk sınıfa girdim. sonra geri dönüp kapıdan başımı uzattım:

— Ben sınıfa giriyorum, sen gel beni çıkar.

Biliyordum, biliyordum ki, bu tarz meydan okumalar iyi bir tavır değildi. Ama müşriklerin bize açtığı savaşı görmek, hem bunu gördüğüm halde halkın görmediğini de görmek beni delirtti. Bizim pısırık duruşlarımız da onlara cesaret verdi. Sınıfa girdiğimde Birkaç dakika düşündüm. Öğrencilerime anlatsam mı anlatmasam mı diye. Sonunda anlatmaya karar verdim:

— Arkadaşlar! Benim sizin dertlerinizi dinliyor olmam, sizinle ilgilenmem velilerinizi kızdırmış ve müdür beye şikayet ediyorlarmış. Söyleyin velilerinize, benim başımda yeteri kadar dert var, bir de mahallenin köpeklerini üzerime salmasınlar. Benim size bir kötülüğüm varsa, şikayetinizi bana söyleyin. Velilerinize değil.

Öğrencilerimin hepsi birden ayağa kalktı. Her ağızdan başka başka sesler çıkıyordu.

— Kahrolsun bu yalanı söyleyenler.

— İmkansız, benim ailem sizden çok memnun.

— Müdürün kendi fikridir o.

— Hadi müdüre çıkalım.

Sesler ortalığı karıştırdı. Yan sınıftaki öğretmenlerle müdür bey kapıda göründüler. Müdürün rengi kaçmış halde sordu:

— Ne oluyor?

— Velilerin beni size şikayet ettiklerini öğrencilerime söyledim, yalan diye isyan ediyorlar.

Rengi attı ahlaksızın.

— Fakat nasıl söylersiniz? Olmaz böyle şey. O konu aramızdaydı.

— Siz nasıl söyledinizse öyle söyledim. Neden olmasın, madem benden şikayet var bunu öğrencime söylemeyeceğim de kime söyleyeceğim?

— Sizin bu hareketiniz yönetmeliğe aykırıdır.

Sert sert yüzüne baktım:

— Dışarı çıkar mısınız lütfen. Derse başlayacağım da.

Söylene söylene meslektaşıma bir kelime söyletmeden gitti.

Biliyordum şikayet olmadığını. Bu gavurların hepsi aynı şekilde yapıyorlar gavurluklarını.

Memurlara başörtüsünü yasak ettikleri zaman, halk istemiyor, demişlerdi. Yani, halk plaja akın etti, vatandaş denize giremiyor konusunun devamı. Halk sanki vatandaş değil, evet onlara göre vatandaş sadece kendileri.

Mısır, El-Ezher Üniversitesi mezunlarına vermiş oldukları diploma denkliklerini de bunlar kaldırttı. Devlet verdiğini geri almaz. Ama bunlar aldırttılar. Eskiden şöyle derdim. Şu güvendiğim kişi parti kuracak, o kazanırsa başbakan olacak, diyorlar. İnşallah olur da, devlet eliyle yapılan haksızlıklar hiç olmazsa yarı yarıya eksilir. Ama bu putçu mikroplar, her fırsatta Müslüman harcayan gavurlar yine kötülüklerine devam edecekler, bundan eminim. Ne yapalım, biz de kendi çapımızda mücadelemizi yürütürüz! Sonra her şeyi daha açık gördük. Yıllar sonra da olsa.

Bunlarda utanma duygusu hiç yok. Masumu öldürmeyi, ona iftira atmayı mübah görüyorlar. "Aklına gelen puştluğu yap" diyebiliyorlar birbirlerine. Sahte oylar, milletin parasını çarçur etmeler. İsviçre bankalarında hesaplar açıp, milletin parasıyla geleceklerini "garanti" altına almalar hepsi bunlarda. Müslüman arasına sızıp orda rüşvet alanlar da bunlar, sadece postlarını değiştirdiler.

Müşrik özellikleri, yapacağı sahtekarlığı başkası adına yapar, halk böyle istiyor, devlet böyle istiyor, gibi.

Bizde de müşrik izinde giden yok mu? Var tabii. Kendisi bir yazara gıcık kapmış ya da kıskanmışsa, millete, "Efendi hazretleri dedi, onun kitaplarını okumayın" diyebiliyor. İkisi de sahtekar. İkisi de Allah'tan korkmuyor. Ama biri hep korkuyor görünüyor hep yalanlarla yaşadığı halde. Dışı sahabe, içi harabe olarak fitne çıkarmaya devam ediyor.

Allah'ım! Ben çıldırıyor muyum!

Allah'ım!

Ne kadar çok işim var! Sen bize yardım et. Hiç olmaz bizim safımızdaki gafilleri düzelt yarabbi! Bunu lütfundan ver. Biz haketmesek de...

* * *

Arkadaşımız Mehmet aradı. Evi İstanbul Fatihte olan, pardon, Harcandık romanını okumayanlar bilmez. Mehmet bizim guruptandı. Hep toplanıp dersler yapardık. Mehmet aradı, demiştim, ya da dememiş miydim? Bir sebepten dolayı, on yıllık buluşmayı kışa ertelemişler.

Eski dostları görmek insana ya çok iyi gelirmiş ya çok kötü. Eğer o dostlardan bir kötülük görmediyse, kişi çok mutlu olurmuş, kötülük gördüyse sinirleri bozulurmuş. Bilinçaltı çıldırmış yani. Kendisini o dönem beğenmeyen, bu dönemin arkadaşlarını görünce morali bozulurmuş. Halbuki iki günlük dünyada eller için yaşamanın ne gereği var?

Ben arkadaşlarımdan hiçbir kötülük görmedim, onlarla geçti en güzel günlerim.

Bu sebepten dolayı, onları görmeyi çok istiyordum. Ertelenince canım sıkıldı. İnsan bir yere gitmek için niyet edince gitmeli. Aksi halde beyni adeta ters dönüyor.

Yarın cumartesi. Camiye gideceğim. Biraz ıssız yerlerde dolaşacağım. Bir kenara geçip insanları seyredeceğim.

Kime inanacağımı şaşırdım.

Her halde bunalımdayım. Ayşe'yle ilgilenmek istemiyor içim. Kararsızım. Böyle kararsız olduğum zamanlarda imdadıma bilgi yetişiyor. Ama hangi bilgiyi kullanayım. Bir yanda Yıldırım'ın kemikleri. Bir yanda Ayşe. Ooff! Of. Allah'ım yardım et.

Aylar geçiyor.

Yıllar geçiyor...

İçimdeki acı geçmiyor.

Yerler bana dar...

Gök üzerime çullanıyor...

Buna rağmen, insani ölçülerde yaşamayı başarmak

zorundayım. Allah akıl vermiş ve bir de Kur'an ve Sünnet gibi, hükmü geçmeyen, her zaman yeni olan bir kılavuz vermiş.

Ey Rabbim!

İyi ki o nuru verdin bize.

Yoksa, bu acı günlerimizde ne yapardık?

* * *

Sabah kalktım, bir yağmur bir yağmur. Balkondan seyrettim manzarayı.

Her yağmur damlasını bir melek mi yere indiriyor. Aman Allah'ım! Maddenin mana yönü ne kadar ilginç!

Çocukluğumda, kar yağışını seyrederken mest olurdum. Her kar tanesini bir meleğin yere indirdiğini bilsem daha zevkle seyrederdim.

Yapayalnızım koca Diyarbakır'da. Ey Rabbim! Sana duygularımı söylemesem çatlardım her halde. Bu yağmuru içime atsam hayalimde ve gelip içimdeki negatif enerjiyi alıp götürse. Herkese tavsiye ettiğim bir terapim var, yağmuru görünce aklıma geldi. Hemen yaptım. Ayağa kalktım. Ellerimi iki yanıma rahat halde bıraktım. Gözlerimi kapattım. Hayalimde bir oluğun beyninden aktığını hayal ettim. Başımın üstünü hayalimde açıp suyu beynime boşalttım. Ayak ve el parmaklarımdan o suyun çıktığını hayal ettim. Bilinç altı bu hayali gerçek sanıp içteki negatif enerjiyi dışa atıyor. Fakat bir şartla, o suyun, beynimizde, kalbimizde, göğsümüzde her yerimizde gezindiğini ustaca hayal edeceğiz. İster yağmur yağsın ister yağmasın, hayalimde yağdırıp yine aynı şeyi yapıyorum bazen, çok iyi geliyor.

Şu bilinç altı. Yedi başlı canavar içimizde duran. Aslında bu canavarın kurallarını öğrenip fevkalade hayra kullanabiliriz. Şimdi havamda değilim. Havaya girersem bu konuda bazı bilgiler vereceğim. Mesela, müdürü hayalimde yerden yere çarptım. Bilinç altım da onu gerçek sanıp adama kinimi eksiltti. Resmen rahatladım yani. Birisine çok sevinmeden öbürüne de terapiyi tavsiye ediyorum.

Balkondaki genç kız, bir kızı sevdiğimi anladığı andan itibaren bana kur yapmayı bıraktı. Helal olsun, başkasına ait erkeği çalmaya çalışmadı. Onurlu kızmış. Ayşe'yi yine aradım, "Evet gördüm." diyor. Babam "Sen ona dön diye yalan söylüyor" diyor. Birisi yalan söylüyor ama kim? Allah'ım! Beni delirtme ne olur.

* * *

Anadolu'nun en eski camisi olan Ulu Camiine gittim. Gelen yaşlıları ve gençleri izledim, caminin iç mimarisini seyrettim. Aman Allah'ım! Eski eserler insanı ne kadar duygulandırıyor. Bayağı seyrettim camiyi, sonra huşu içinde namazımı kıldım. Camiden çıktıktan sonra satıcılara baktım... Bir yaşlı adamın, çorap, takke, tesbih satmak için yorgun sesiyle bağırışını takip ettim. İçim sızladı, adamcağız üç kuruş kazanmak için ne kadar yoruluyor.

Bugün gezerken epey düşündüm, madem çarem yok, Yıldırım'ı düşünmeyeyim.

Ben neden komşularla irtibat kuramıyorum? Yakaladım kendimi, aslında ben hastayım. Resmen hasta. Kimseyle görüşmek istemiyorum. Bu durum hasta olduğumu gösteriyor. Ama zararsız bir hastalık. kolay değil, akıl hastanesinde yatmış bir insanım. Bir çıldırma sonucu yattım ama o da ruhumu yormaya yeterken benim asıl Yıldırım gibi bir sebebim var.

Yoo, Yıldırım'ı biraz unutmalıyım.

Hayret, öğrencilerimi görmek istiyorum nasıl oluyorsa. Eğer bu isteğim de olmasaydı biterdim her halde.

Ben bu hale vicdan azabından geldim. Hz. Yusuf'u kuyuya atan kardeşleri acaba ne yaptılar? Yusuf'un yüzüne bakarken milim milim erimediler mi? Birde ona rastlamadan öncesi var. Kardeşlerini öldü biliyorlardı. Üstelik kendileri öldürmüştü. Üstelik kıskançlık sebebiyle öldürmek istediler. Öldürmek isteme sebepleri çok feci.

Ya Kabil ne yaptı? Habil'i öldürünce nasıl baktı dünyaya! O zaman dünya kalabalık da değildi. Birtek onların ailesi vardı. O da Allah'tan kıskandı kardeşini. Allah Allah! Yani Allah kardeşini daha ihlaslı görecek, diye kıskandı. İnsanda bulunan hayvani taraf ne feci bir şey! Pardon ya, hayvanda ihlaslı insanı kıskanma duygusu yok ki. Ya Rabbi! İnsanın aklı şaşıyor, insanın aklı dumura uğruyor, insanın aklı feleğini şaşırıyor, insanın aklı duruyor. Ayet olmasa insan zor inanır. Madem ihlasını kıskandın ey katil Kabil, o halde sen daha ihlaslı olaydın ya.

Allah'ım sen koru bizi her türlü kötülüklerden. Amin... Sen koru, bizi hak etmesek de.

* * *

Ağlaya güle geçti aylar. Gerçi güldüğümüzü hiç hatırlamıyorum ama neyse, lafın gelişi, deyip geçiyoruz.

Her yerde kar var. Okul tatil.

On yıllık randevumuza az kaldı. Benim için bir değişiklik olsa diyordum, arkadaşlar bana gelmeyi planlamışlar. Çok sevindim. En azından zihnim dağılır. Şimdiden yemeği düşünmeye başladım. Benim için değişiklik oldu. O güne kadar misafirlerimi nasıl ağırlayacağımı düşünürüm. Biraz uzaklaşırım Yıldırım'dan, Ayşe'den, müdürden…

Bu gün gazetelere göz attım da sinirlerim bozuldu. Sanki çok düzgünmüş gibi. İnsanlar azıttılar. Hayvanların hayatı daha düzenli gibi görünmeye başladı bana. Bu işin üstesinden gelinir mi gelinmez mi bilmiyorum. Bir şey var bildiğim, o da zor günlerde kahramanlara ihtiyaç olduğu.

Tekrar haber geldi, arkadaşlarımdan.

Benim eve Pazar günü yemeğe geleceklermiş. Cumartesi saat 11'de bir otelde buluşacaklarmış. Olsun, bana o da yeter.

* * *

Yarın arkadaşlarla buluşuyoruz.

Yıldırım da olacaktı yarın. Ama çekip aldım onu aramızdan. Bir sürpriz olsa... ölenler geri gelebilse... bir de baksam ki Yıldırım'da orda ne kadar güzel olurdu. Aman Allah'ım! Ama ben oracıkta, hemen beş saniye geçirmeden utancımdan ölürüm. Eğer ölmezsem ne yaparım? İnsan ne yapar?

İnsan herhalde aklını sevincinden de oynatır. Utancından da...

* * *

Aklıma bir olay geldi. Sabır deyince. Ben askerdeyken bir örgüt mensubunun babası öldü. Pek üzülmedi sanki. Meğer o da başka türlü aldatılmış bir zavallı imiş. Ölenin ardından ağlamayı çıkar ilişkisi diye adlandırıyordu. "Ben ağlarsam kendi çıkarım için ağlamış olurum", diyordu. Ve yine diyordu ki bu aldanmış yavru: "Ölümde ne var ki, kasların duruşu. Hayat kaslarla sona erer ve ötesi yoktur. Sabrı biz kendimiz yaratırız. Bizim Allah'a ihtiyacımız yok." diyordu. Milyon kere haşa! Ona, bir insan vücudunda kaç trilyon vazifesini bilen kas varsa, hepsi tesadüfen mi yerlerine yerleşti, dedim. "Evet." dedi. Bir insanda fazlalıktan bir uzuv takılmamış, böbrek ise yedek parça olarak iki tane konmuş. Yani yine bir sebebi var. Bunların hepsi tesadüf mü? dedim. "Evet." dedi. Milyonlarca doktor, tesadüfün oluşturduğunu mu sanat, meslek veya buluş, diye öğreniyor? dedim. "Elbette." dedi. Ağzın, gözlerin, beynin, saçların, parmakların, kalbin. Hepsi mi? "Evet." dedi. Çıldırmışım. Allah senin belanı....., dedim sustum.

Aman Allah'ım! İşte Şanı Yüce Allah sabrı bu. Suçluyu hemen neden cezalandırmaz onu biliyorum. Çünkü sıfatlarından biri el-Halim. Cezalarda ne acele eder, ne de ihmal eder. Yeri geldiğinde verir. Hemen bizim gibi kızdığı an ceza verse o zaman Allah'lığına aykırı olur. Kulları gibi acze düşmüş olur. "Ben sabırlıyım" diyor. Bir de Allah'ın sıfatlarının biri, Es-Selamu: Olumsuz olaylardan etkilenmeyen. Ama kulun kula yaptığından dolayı veya küfrü söz konusu olduğunda, isimlerinin biri El-Kahhar. Kahreden ve cezalandıran sıfatın tecellisi, devreye giriyor.

Allah için, suçlu kaçar, diye bir şey yok ki. Nasıl olsa O'nun mülkünde. Kaçacağı bir yer yok.

Hem, Allah bana suç işlediğim anda belamı verseydi, ya da canımı alsaydı, ben tövbe edemezdim ki. Kısacası, Allah işini bilir. Onun kadar kim bilebilir.

Oh rahatladım. Kendi sorumun cevabını kendim verip, kendimi ikna ettim. Aslında her zaman bunu yapmak lazım. Çünkü içimizde birkaç insan, birkaç hayvan var. Onları ikna edici bilgiler edinmeli ve onlara sunmalı insan.

II. BÖLÜM

İç Hatlar

Hayatımın dönüm noktası olan toplantı ya geldik. Baktım dokuz arkadaş gelmiş. Bu kadarını beklemiyordum. Genellikle, zengin olanlar gelmemiş. Zaten genelde, insan zenginleştikçe insanlığını, dindarlığını yitiriyor. Ancak çok güçlü imana ve iradeye sahip olanlar aynı kalabiliyor. İnsanca kalmayı başarıyor, daha doğrusu ibadetini yapanlar genelde bozulmuyorlar.

Toplantı salonunda bir ara sıkıldım pencereden dışarı bakayım dedim. Birinci kattan dışarıya bakıyordum ki, Aman.Allah'ıım! Aman! Yıldırım tam karşımda çay ocağında oturuyor. Kafamı çevirdim. Yerimden kalktım, başı kesilmiş tavuk gibi döndüm. Gözlerim döndü. Kulaklarım uğuldamaya başladı... Bir anda çevremdeki insanlardan hiçbirini göremez oldum. Sokaklar bembeyaz duman çökmüş halde göründü. Allah'ım! Bu ne utanç. Ve bu ne sevinç...

Kendime geldiğimde gözlerimden yaşlar boşalmaya başladı.

Bu Yıldırım, evet evet Yıldırım. Ama nasıl olur?! Allah'ım delireceğim. Allah'ım! Sen benim aklımı koru. Demek öldürmeyen Allah öldürmez gerçeği bu. Nasıl ölmezdi? Ama o mezar? O kemikler?!

Yüksek sesle bağırmışım. Yüksek sesle bağırmışım; Allaaahhh!

Kalktım bir daha baktım. Aynı sandalyede başkası oturuyor. Oydu kesinkez biliyorum. Arkadaşlar başıma toplandı. Kendimde değilken, ortak arkadaşımız. Mehmet yanıma geldi:

— Musa, biliyor musun, öldü sandığımız Yıldırım ölmemiş. Hani senin arkadaşın Yıldırım vardı ya o yaşıyor.

O anı nasıl anlatabilirim. Bir yanda sevinç bir yanda utanç. Bazı duyguların gerçekten adını henüz bulamadılar. Ben ömrümde böyle bir duygu yaşamamıştım. Sevinçle utancın karışımı beyne ve kalbe şiddetli bir basınç... Ama adı ne bilmiyorum, bilemiyorum ve asla yaşanmadan bilinemez o.

Demek hayal görmedim. O yaşıyor. Demek Yıldırım, babam, Filiz ve Ayşe anlaşmamışlar. Kendisini bana göstermiyor.

Heyecanla sordum:

— Emin misin ölmediğine, nerden biliyorsun?

— Bana geldi. Bak sana da kitap gibi bir mektup yazmış, bana verdi. Al.

Pencereyi açıp avazımın çıktığı kadar bağırdım: "Ey dünya! Dünya duy, Yıldırım yaşıyormuş. Arkadaşım yaşıyormuş. Onu öldürmemişim, duy bunu ey dünya!" Bu feryatlarımı ben hatırlamıyorum. Günler sonra Mehmet anlattı bana. Mehmet'e yalvardığımı hatırlıyorum.

"Mehmet sakın yanımdan ayrılma. Bana bir şeyler oluyor." dediğimi...

Bu sözlerden sonra yine bayılmışım. Beni hastaneye kaldırmışlar. İğneler yapmışlar. Beş gün hastanede yatmışım. Doktor on beş gün rapor vermiş. Hastanede kendime geldiğimde annem, babam, kız kardeşim baş ucumdaydılar. Yine annemin göz yaşları anne anne akıyordu.

Bu acıklı anımda ilginç bir şey farkettim. Ablam gelmemişti ve o benimle ilgilenmiyordu.

Gözlerimi iyice açtığımda babamı görür görmez ilk sözüm:

— Baba! Beni sen de aldattın. Neden yaptın baba?

— Ne yaptım oğlum! Bu nasıl söz?

— Yıldırım'ın kemikleri bana mektup yazmış baba. Sence, kemikler mektup yazabilir mi? Annem de duysun artık. Umurumda değil hiçbir şey.

Göz ucuyla babama baktım. Perişandı:

— Oğlum! Doktor yeni bir travmayı tartamayacağını söyledi. Mecburdum.

Ağlamaya başladım.

— Baba! O mezar, O kemikler neydi? Filiz'in sözlerini değiştirmesi... Bütün bunlar nasıl oldu? Sen ne zamandır biliyordun baba?

— Olayın meydana geldiği günden beri.

Şok olmuştum.

— Sahi mi? Saklamayı nasıl başardın?

— İnsan evladını düşününce başarıyor oğlum.

Annem sıkıldı:

— Beni es geçme oğlum. Ben de biliyordum.

Yıldırım'ın tavrından anladım oğlum. Sana görünmemek için çırpınıyordu. Bir de babanın seninle konuşmasını dinledim.

Tek kişilik odadaydık.

Rahat rahat konuşuyorduk.

Zorla konuşuyordum aslında. Kımıldamaya halim bile yoktu.

Babama baktım:

— Baba önce sen anlatır mısın şu olayı. Baştan sona. En ufak detayları bile atlama.

Mahsun-mahsun cevap verdi babam:

— Olur evladım, olur. Ama önce şunu bil. Her şeyi senin için yaptım. Olayın meydana geldiği gün, seni kamyonuna alan adam beni aradı. "Oğlunu dağdan inmiş halde arabama aldım. Gömleğinde kan vardı. Ve bana yalan söyledi. Senin oğlun olduğunu inkar etti. Halinde de tuhaflık vardı." dedi. Adamla buluştum. Adam önde ben arkada olay yerine geldik. Hızla dağa doğru tırmandım. Yüz metre kadar çıktıktan sonra bir inleme sesi duydum. Baktım çukur bir yerde kanlar içinde bir adam yatıyor. Hemen aşağıya indim. Baktım Yıldırım, hemen onu hastaneye kaldırdım. Yıldırım'a da, tembih ettim. "Benim canım sıkılmıştı, ormana doğru yürümek istedim, iki kişi geldi, beni alıp tepeye götürdü. Onlardan birinin sevdiğine bakmışım. Beni kurşunladılar de, ne olur oğlumu kurtar o aldatıldı, onu yakma" dedim. Sağ olsun dediklerimi aynen yaptı. Beş yerden ameliyat oldu. Bir ay sonra ayağa kalktı. Israrla "Benim yaşadığımı ona hiçbir zaman söylemeyin, bana şeref sözü ver. Bak ben seni dinledim, sen de beni dinle Hoca, sözünde dur" dedi ve kasabadan gitti.

Babam anlatırken kulaklarım uğulduyordu:

— Peki baba mezarı neden yaptın?

— Senin pişman olacağını, Yıldırım'ı attığın yerde olup olmadığını görmeye gideceğini biliyordum. En iyisi oraya bir mezar yapmaktı. Aksi halde sen ceset arardın.

— Peki baba kemikler?

— Ah sorma oğlum, çok zor oldu. Sen gelip mezarı açacağım deyince beni aldı bir telaş. Gece yarısı gidip Allah beni affetsin, bir mezar açtım, kemikleri alıp oraya geldim.

Yatakta yatıyor halde babama baktım:

— Evet, boyu çeken kemikler.

Acı acı güldü babam:

— Ama geçen gün götürdüm kemikleri aynı mezara koydum. Ama çok acı çektim. Ahrette, o kemiklerin hesabını verilmek üzere hazır biriksin, diye üçbin rekat nafile namazı kıldım, bir fakir genci evlendirdim, masrafı üstlendim.

— Vay garip babam vay! Ben neler çektirdim sana.

Annem itiraz etti:

— Yavrum, düşmez kalkmaz bir Allah. Sen hatanı anladın ya oğlum gerisi önemli değil. Her şey düzelir. Kendini yıpratma oğlum.

— Peki baba; Yıldırım benim çok pişman olduğumu, onun vicdan azabıyla kafayı yediğimi biliyor mu?

— Bilmez mi? Gününe gün. Her şeyi telefonla anlattım. Zaten hep soruyordu. Şimdi nasıl, ne diyor? Ağlıyor mu? Gibi soruları devamlı soruyordu.

— Demek öyle ha. Vayy dünya! Sende neler oluyor böyle. Peki baba, Filiz'i anlat.

— Neyi anlatayım oğlum. Anladığın gibi, hemen Filiz'i aradım, "Oğluma bir sürpriz hazırlıyoruz, ne olur şöyle söyle, çevir o sözlerini" dedim. Kızcağız da kabul etti.

— Demek onun için, Ayşe de yemin edemedi. Kıza helal olsun, yalan yere emin etmedi. Peki anne, sen bileziği nerden uydurdun?

— Uydurmadım oğlum çok acı çekiyordun. Yavaş yavaş şüphelenmeni istedim. Ama sağ olsun baban her kapıyı kapattı.

— Demek göğsüne dayanıp, sana anlattıklarım yalandı.

— Hayır oğlum onlarda doğruydu. Doğrulardan birini tercih etmek zorundaydım.

Göz yaşlarım dinmiyordu dinemezdi. Onu görmeden, ona sarılmadan, o beni, affetmeden dinemez de. Hâlâ kardeşim Yıldırım'ın mektubunu okuyamadım. Baba, telefonumdan Mehmet'i bul mektup nerde sor. Kalkar kalkmazda onu bulayım. Bulmalıyım baba.

Babam Mehmet'i buldu. Mektup cebimdeymiş. Babam mektubu elime verdiği zaman dünya başıma çöküverdi sanki. Ağlayarak mektubu yüzüme kapattım. Annemlerin gitmesini bekliyordum. Mektubu onların yanında okuyamazdım. Onlar gidince, titreyen ellerimle açtım zarfı. O an, o an asla anlatamayacağım bir an. Sevinç, utanç... İkisini aynı anda yaşamanın çok farklı bir duygu olduğunu söylemiştim.

Günlerce mektubu okuyamadım.

Taburcu olduktan sonra annemler üç beş gün yanımda kaldılar. Evime gittiğim gün annemin yaptığı yemeklerden yedim. Hazar evi temizlemiş annem de yemek yapmış.

Akşam oldu. Bitkinliğim hâlâ düzelmedi. Babam da çok bitkindi. Erkenden yattı. Hazar da oturma odasında televizyonda, dinsizler tarafından dinin anlatıldığı bir program izliyordu, annemle dertleşmek istedim.

Anacığım divanımın başucuna yere minder koyup oturdu ve benimle konuşmaya başladı. Epey konuştuk. Anneme sordum:

— Anne! İnsanlara kötülük yapıp pişman olmayan insanları çok merak ediyorum. Bunlar nasıl yaşıyorlar? Allah korkuları diyelim ki yok, peki vicdan azapları da mı yok.

— Kötülerin vicdanı köreliyor oğlum. İnsanın vicdanı körelmeden üst üste kötülük yapmaz. Ya da ölüyor vicdanları.

— Haklısın anne. Ne diyeceğimi bilemiyorum. Ben dünyaya sığamıyorum, kendime gelemiyorum. Anne aslında ben yavaş yavaş ölüyorum.

— Allah gecinden versin oğlum. Üzülme artık. Sen kötü bir insan değilsin yavrum. Ben öyle kötüler gördüm ki, onları görünce, cehennem iyi ki var, dedim. Sana bir olay anlatacağım, ama önce bir meyve getireyim. Ana oğul hem meyvemizi yiyelim hem sohbet edelim.

Annem beni meşgul etmek için ne anlatacağını şaşırıyordu.

— Meyveyi sağımdaki masaya koydu. Kendisi sol tarafıma oturdu. Masalcı teyze gibi, önce ülkemizdeki bir kadim yazara ceza evinde yapılan zulümleri anlattı. Sonra Hz. Fatıma'ya geçti. Baktı benim uykum gelmemiş, Balıkesir Erdek'de Seher isminde bir kadının çilesini anlattı, sonra bir fıkra... Nasreddin Hoca, yeni gömülen bir mezarın yanındaki boş mezara yatmış.

"Hayrola Hocam! Neden burda yatıyorsun," demişler. O da, "Soruları kopya çekmek için," demiş. Zoraki güldüm.

— Bak oğlum kötü insanların yaktığı canlardan birini daha anlatayım sana. Ordu'nun Göller beldesinden çok çile çekmiş bir kadını dinledim iki gün kendime gelemedim. Adam hanımı üzerine evlenmiş. Aslında o evlilik olamaz ya neyse. Kadını üç çocukla dağdaki bir eve atmış. Kadının en küçük çocuğu bir buçuk yaşındaymış. Kadının elinden onu da almışlar. Kadın çocuk emziremeyince olanlar olmuş, kadının sütü dolmuş, gömleğine taşmış süt. Sancılanmış. Ağlamış yavrumu verin, diye ama vermemişler. Hem kocası elinden gitmiş, hem üç çocuğu.

Adam onu orda bırakmış. Dağda tek başına bir kadın. Kadına bir de kötü kadın iftirası atmışlar. Kadıncağız ateşler içinde yanmış yıllarca. Sonra bu kadının garip halini gören; karısı ölmüş bir adam, kadıncağıza yardım etmeye başlamış. Acımış adam. Kadına çocukları verilmemiş, kocası ayda bir gelir nasılsın, der gidermiş. Çileli kadına yardım eden adamla bu kadının adı çıkmış, kocasının canına minnet, araştırmadan boşamış onu. Yardım eden adam da, "Karısını başkasına vermek istemeyen adam onu bırakmazdı. Madem senin adın benimle çıktı, o halde seninle evlenmemiz şart oldu, sen de beni beğenirsen evlenelim. Karısının altı ay nafakasını vermeyen kocayla zaten nikah kalmaz," demiş ve evlenmişler.

Kadın, bana çektirenler hem bu dünyada hem de ahrette çeksinler, asla onlara hakkımı helal etmeyeceğim, demiş.

Yıllar yılı bu Seher'in adı Göller Bölgesinde kötüye çıkmış. "Bana kötülük yapanlar temize çıktı, beni lekelediler. Allah mahşer günü alınlarından silmesin bu lekeyi." demiş. Aradan yıllar geçmiş, evlendiği şahısla çok mutlu olmuş. Ama geçmiş acılarını silememiş. Hem ağlıyor hem anlatıyordu. O ayrıldığı adam ne yapmış biliyor musun, Seher'in üzerine getirdiği kadının eteğine bir tomar para dökmüş. "Kocam diyor ki, bana hakkını helal etsin, bu paraları ona vereyim, kocama hakkını helal et bu paraları al" demiş. Kadın parayı eteğinden yere savurmuş, "Elim pisliğinize değmesin al şu pislik dolu paralarını, size ölsem de hakkımı helal etmem" demiş. Hep beddua etmiş, "Bana iftira eden dilleri konuşamaz olsun." demiş. Adam üç yıl konuşamadan yaşamış sonra ölmüş, bedduam onu tuttu, diyordu. O kadını ağlarken görmek ciğer dağlıyor.

Sonra ne olmuş biliyor musun, adam sürünerek ölmüş, o kadın da çok çile çekmiş. Doksan yaşında hâlâ ayakta olan Seher, "O kadar can yakan mutlu ölemez" diyordu.

Annem olayın etkisinde kalmış, öyle heyecanla anlatırken, benim yaptığım mı adamınki mi daha ağır, diye düşündüm:

— Anne!

— Efendim yavrum.

— Bunları bana neden anlatıyorsun?

— Gör yavrum, ne kötüler var dünyada.

— Anne! Benim kötü görmeye ihtiyacım yok ki. En başta kendimi gördüm. Ben bu ülkede öyle kötüler gördüm ki o kötüler bir ömür boyu yeter bana. Hem güzel annem, başka kötüleri görmek beni temize çıkarmaz ki. Benim savaşım kendi iç hatlarımda devam ediyor dış hatlarda bir şey görünmese de.

— İyi ama yavrum, bir ömür böyle mi geçecek? Ne güzel Yıldırım'da ölmemiş. Eee! Yeter be oğlum! Haddi aşan şey başka kötü şeyi meydana getirir.

— Haklısın anne.

— Evet haklıyım.

— Yarın mektubu okuyacağım inşallah.

Annem yatağına çekildiğinde odamda yalnız kaldım.

Kalbim çarpa çarpa bir çırpıda mektubu alıp okumaya başladım:

Merhaba Musa,

Ben Yıldırım.

Yoo, sakın ağlama, hemen şunu belirteyim, suç senin değil, seni beni öldürmeye teşvik edenindir.

Sana bu mektubu yazma sebebim senin suçsuzluğundur. Yıllarca neden sabrettin, dersen söyleyeyim, benim için de çok zor oldu o travmayı atlatmak. Ben de psikolojik tedavi gördüm. Her inançtan her insandan kaçtım. Güzel güzel inanmışken birden bire, hiç şüphe etmediğin kardeşin tarafından kurşuna dizil. Bu kolay atlatılabilecek bir travma değil. Çook acılar çektim, çok gözyaşı döktüm. Gözyaşım aldanışımaydı bunu da belirteyim.

Tarihe baktığımızda kıskançlığın korkunçluğunu görüyoruz. Aldanmanın da. İnandığı halde aldanıp kırk gün içinde buzağıya tapanların haberi var. Nasıl aldandılar? Onlar hak dine inanmıyorlar mıydı? Kur'an kitabında" onlar Müslüman olduktan sonra kafir oldular, orijinalinde küfre girdiler diye bir ibare hatırlıyorum. Nasıl aldandılar da Müslüman olduktan sonra yanlışa saptılar? İsa peygamberin sağ kolu olan havarisi onu nasıl ihbar etti? Kim tarafından aldatıldı? Ve nasıl aldandı? İnsan, inanıyorsa bir peygamber için bu sahte peygamberdir, diyene aldanır mı? Aldanır. Bunlar, biz ibret alalım diye anlatılır. Ama günümüzde o kadar çok aldanan var ki, benim artık aldanan insan görmeye tahammülüm kalmadı.

Özetlersek, aldanıyoruz, aldanıyorlar. Madem ki biz, öteki gruba kötü gözle bakmamızı isteyenlere aldanacak idiysek neden inanıyoruz ki? O halde din bize göre değil. Nasılsa dinin çizgisinde gitmiyoruz. Yine duygularımızla hareket ediyoruz, şeklinde düşünmek beni bozdu Musa. Ben artık eski Yıldırım değilim.

Sana mektup yazmamın bir sebebi de, tatilde köyüme, garip annemin yanına gitmek istiyorum. Beni gören herkese, aman Musa'ya söylemeyin, demekten bıktım. Artık özgürlüğümü kullanmak istiyorum.

Yanlış yaptık, yanlış yaşadık.

Artık doğru yaşayarak bu evrende birkaç gün mutlu olalım, diyorum.

Bu yıl evlenmeyi düşünüyorum.

Kızlar da bir alem. Kendilerini dizi kahramanları gibi görüyorlar. Kendileri yok kızlarda, yani yapmacıklar, kendileri değil kızlar, başkası rolünde, ya da ben aptallaştım, bana öyle geliyor. Kafama göre bir kız bulursam evlenip yuva kuracağım. Evim, eşim, çocuğum diyeceğim bir yuvam olsun istiyorum. Tabi, eşime çocuğuma canımı emanet edebilecek miyim, onu bilmiyorum.

Duymuşsundur Ankara'da öğretmenlik yapıyorum. Psikolojik tedavim de devam ediyor.

Seni özleyip özlemediğimi merak edersin biliyorum. İnsan katilini özlemiyor. Ama çocukluğumda, o karın altında beni bekleyen bir Musa vardı ya, o Musa'yı hep özlüyorum. Nasıl özlemem, benim ondan başka can arkadaşım yoktu ki. Yeni arkadaşlar edindim. Sağ olsunlar arkadaş ihtiyacımı gideriyorlar. Aslında arkadaş ihtiyacım olsa bile ben hissetmiyorum, o da başka bir şey. Kimse, çocukluk arkadaşım Musa'yı veremiyor bana.

Anılarımı yazdım, ama sonra yırttım. Seni akıl hastanesinde gördüm. O gün bir yazı yazmışım. Çok etkilendim. Sen o duruma düşmemeliydin. Fakat o durum da vicdanılı olduğumu gösteriyor, o da ayrı bir konu tabii.

Seninle bir daha arkadaş olmayı düşünmüyorum, ama bu kızgın olduğumdan değil, baştan söyledim, sana kızgın veya kırgın değilim, ancak bir daha güvenebileceğimi sanmıyorum. Senden korkuyorum açıkçısı. Bu bilinç altımdaki veri. Senden korka korka seninle arkadaş olmamı sen de istemezsin sanıyorum.

Haa, O örgütün mensuplarından uzun boylu sarışın olanı görmüşsündür gazetede. Henüz adı konmamış bir örgüt elemanı olarak yakalanmış. Polis teşkilatından bir arkadaşım var. 2005 yılını bulmaz, Türkiye'de dünya tarihine geçecek bir örgüt ortaya çıkacak, diyor. Sanıyorum bizi canavarlaştırıyorlar, öteki Müslüman'a kötü gözle bakmamızı isteyenler de o örgütten. Neyse, nasıl olsa ortaya çıkacak. Biz yakayı ucuz kurtardık. Demek orda kalsak biz de yakalanacak sonra vicdan azabı içinde çile dolduracaktık. Okulu bitiremeyecektik... Bir mesleğimiz de yoktu... Zaten içerden herhalde on beş yirmi yıl sonra, baston elimizde çıkardık. Hayatı mahfolan en az iki üç milyon gençle kıyaslarsak biz iyi kurtulduk.

Düşünsene, şu anda o kadar çok suç işleyen genç var ki. Bu gençler kendilerine gelseler bile daima ya vicdanlarıyla karşılaşma korkusu çekecekler ya da polisle. Her gün, acaba beni ihbar eden oldu mu korkusu bile mutsuz yaşamaya yetecek.

Vicdan azabı da var tabii.

Ayrıca, ruhlarında açılan tahribatı da cabası.

İnsan haklarıyla ilgili olarak destek amaçlı bir eyleme katıldım. Beni hâlâ dinci sanan gençlerin bana, yılana bakar gibi baktıklarını gördüm. Gözleri birer birer gözlerimden geçirdim. Zavallı gözler, dedim, aldanmış kafalara takılmış.

Yani beni farklı şekilde etkiledi bu olay.

Artık üzülme, ben yaşıyorum. Gerisini boş ver.

Sögüt dalı da eğilmesin

Sakarya da ağa kalkmasın.

Fahriye Abla da bahçede uzanmasın.

Giden memnun da olmasın yerinden.

Küfre yaklaştıkça kimsenin imanı da artmasın.

Surda gedik de açılmasın.

İslam'ın kütüğünde isterse hiç kayıt olmasın. Hiçbir şey beni ilgilendirmiyor.

İşte ben artık her şeye tersinden bakıyorum.

Öyle bir psikoloji içine girdim.

Ha, anlamışsındır, ifade ettim ama biraz daha açayım, ben İslam dairesinden çıktım. Sakın üzülme, çünkü binlerce, milyonlarca gencin içinde bir de benim olmamam kıyametin kopması değil. Ben böyle yaşamayı seçtim. Çağdaş ve özgür. Ateist ama dini inancı olana saygılı...

Sakın beni ikna etmeye çalışma, ikna edemezsin. Ben bu yola bilinçli girdim. Beni aramak istersen cebimi not ettim. Yazmak istersen mail adresimi de verdim. Ev adresimi de veriyorum. Sakın habersiz çekip gelme. Seni görmeye hazır değilim. Yazmak istersen, mektubunu okurum tabii. Hoşça kal arkadaşım. Görüşmek dileğiyle.

Yıldırım.

Mektubu okuyunca ağlama hissimi kaybettim. Aksine "keşke geberseydin" dedim. Sonra tövbe ettim.

Adama bak, sanki bana İslam kurşun sık, dedi. İslam düşmanlarının yaptıklarını İslam'a ödetmiş. Cahil.

Hem de kara cahil.

Önce çok kızdım... Birden onun dinden çıkışına benim sebep olduğum aklıma gelince, daha doğrusu idrak edince film koptu. Omuzlarım düştü. İç hatlarımda zelzele oldu.

Alışmış gözlerim durur mu, tekrar başladı dökmeye.

Şimdi beni başka bir ateş daha sarmıştı. Bu durumda yaşadığına sevinemedim. Çünkü ölümden beter bir durumla karşılaştım.

Ne diyordu mektubun bir yerinde;

"Bu kolay atlatılabilecek travma değil. Çok acı çektim, çok göz yaşı döktüm. Göz yaşım aldanışımaydı."

Burada ne demek istiyordu! Aldanan o değil bendim. İman etmeyi aldanmak sanıyor bu çocuk. Bu sefer o başkasının dolmuşuna binmiş. Durum vahim. Yıldırım'ı bu psikolojiden kurtarmam lazım. Hemen hemen bir şeyler yapmam lazım. Onun sapıtma sebebi benim.

Balkona çıktım. Biraz oturdum sonra dua ettim Rabbime, bana sabır versin, diye. Sonra biraz sesli ağlayıp içimi boşalttım. Ne yapmam lazım böyle anlarda? Hep ne yapacağımı şaşırıyorum. Önce bir mesaj çektim.

"Canımı uğruna feda etmem gerekirse asla çekinmeden feda edebileceğim canım kardeşim. Senin yaşaman benim dirilmem oldu. Caiz olsa, bir de hapislerde sürünmesen, beni öldür ama affet derdim. Ne olur bana güven.

Allah'a emanet ol. Musa"

İkinci mesajım.

"Bana güvenmen lazım Yıldırım. Artık sadece Allah'ın tavsiyesine uygun hareket edenleri dinliyorum. Çünkü Allah ne demiş onu biliyorum. Fertler öldüremez. Ölümü hak eden varsa, o adil bir mahkeme kararı ile öldürülebilir ancak; suçsuz birini öldürmüşse... Ne olur inan bana. Selam ile. Musa"

Üçüncü mesajım.

"Sevgi emekle canlanır yeniden. Seni kazanmak için çok emek vereceğim. Bunu göreceksin.

Sevgiler. Musa."

Dördüncü mesajım.

"Sesini çok duymak istiyorum ama cesaretim yok. Dualarımla. Musa."

* * *

Gece yarısı oldu, ne yarısı birazdan ezanlar okunacak ama bende uykunun u'su yok. Hemen ona bir mektup yazmalıyım. Evet evet, onu görmeden önce mektup güzel bir yöntem.

Kendimi alıştırmam için de iyi olacak. Aslında, Filiz'in gördüm demesi, annemin bileziği söylemesi çok iyi oldu. Birden bire duysaydım sevinç şokuna değil, sevinç komasına girerdim.

Mektubu yazmaya başladım. Ağlama hissim yakamı bırakmıyor ki! İyice dolmuşum demek ki, sevincim bu şekilde yansıyor.

Uğruna hayatımı seve seve feda edebileceğim insan canım kardeşim merhaba.

Söze nereden başlayacağımı bilemiyorum, tabii sen bunu gayet iyi bilirsin nasıl bir duygu olduğunu. Yoo pardon bilemezsin, aşağı yukarı tahmin edersin. Çünkü sen firaset gözü olan biriydin, eski gözden bir kirpik bile sende kalsa sen beni anlarsın.

Yıldırım!

Canım kardeşim.

Sesimi duy ne olur!

Ben çok acı çektim. İnan ölümden beter acılar çektim.

Artık benim acılarıma acı.

Senden bunu rica ediyorum. Ve benim aldanışımı İslam'dan zannetme. Sen çocuk değilsin? İslam mı bana "aldan" dedi. Hayır! O halde, sakın şeytana, şeytanlaşmış insanlara aldanmayın, diyor İslâm. Ben Allah'ın emrine değil, Müslüman sandığım kişilere inandım. Dinciler aslında dindar değil, onlar vatan haini, diye diye kanıma girdiler. İslâmi kisveye bürünen, sarığı ile cübbesi ile peygamber gibi görünen, bir sahtekarın emrine uydum. Zavallı tertemiz sarığı ve cübbeyi kirleten, daha doğrusu kirletmeye çalışan canilere inandım. Allah adını peygamber kisvesini kullandılar bize, böylece tertemiz ruhlarıyla, o cübbeyi giyenlerin de töhmet altına alınmasına sebep oldular. Ama temiz cübbeliler altındır. Altına çamur sıçrasa da altın bozulmaz. Zehirlerini öyle verdiler. Aslında onlar inanmıyorlardı, aslında Kur'an'a küfrediyorlardı, ama bize farklı göründüler. Onlar organize hainler gurubu imiş. Anlayamadık işte.

Bozuk düzenden bize devamlı baskı vardı, o yüzden o baskıya karşı çıkan herkesi kurtarıcı görmeye hazır bir psikoloji oluştu bizde. Az zulüm görmedik biz. Hala, bu caniler fırsat buldukları yerde, namaz kılanlara işkence çektirmeye devam ediyorlar. Saltanatları nerde sürüyorsa, orda Müslüman kıyımı yaptılar, yapıyorlar.

Yüz binlerce kızımız sinir burhanı geçirdi. Memur olmak için başını açıp memur olamıyanlar, açlık, sefalet çekti. Başını açanlar her gün acı içti, acı yedi. Askerden, temiz Müslümanlar, "irticacı" denilerek atıldılar. Düşün, adam ömür boyu ordu mensubu olmak için okumuştu. Başka kariyeri, mesleği yoktu. Birdenbire acımasızca atıldılar ordudan. Orduyu babalarının malları gibi görenler yaktırdı yüzlerce umut sahibini.

Binlerce öğrenci iftiralarla okuldan atıldı, ya da psikolojik baskıyla o öğrencilere yapmadıklarını bırakmadılar. Biri işkence yaptı, öteki güya bize sahip çıktı. Biz de düşüverdik onların tuzağına. Düştük be Yıldırım. Gerçekten bu ülkede köklü bir değişim yapılmalıydı. Bir devrim yani. Ve bunu bize o sahtekar lider vaad ediyordu güzel cümleleriyle. Tatlı kelimeleriyle İslam alemi ondan sorulurmuş, izlemini vermişti cahil beynimize. Gerçi gurupları olanların çoğu öyle ama, biz bunları bimezdik. Biz de inandık, aldandık. Acı aldanışımıza sen başka türlü kurban edildin ben başka türlü. Ne olur beni affet, ne olur!

Hem sen nasıl oluyor da zalimlerin yaptıklarını İslam'a mal edersin? Sen nasıl olur da kara cahillerin yaptığını yaparsın Yıldırım? Sana söyleyecek söz bulamıyorum.

Söyle,

Hz. Hüseyin'i öldür diye o aldanmışa İslam mı söyledi?

Avrupa da, diri diri fırına atılıp yakılan insanların yakılma emrini, Kur'an mı verdi? İncil mi verdi, Tevrat, Zebur mu verdi? Rusya'da öldürülen milyonlarca canın öldürülmesi emrini İslam mı verdi? Hz. İsa'yı çarmıha gerdiklerini zannedenleri, İncil mi örgütlemişti, Kur'an mı? Haçlı seferlerini düzenleyenleri İslam mı yönlendirmişti. Afganistan'da, Halepçe'de, Suriye'de ölenler İslam'ın emriyle mi öldürüldü? Bosna'da, Irak'ta, Türkiye'de, Cezair'de katledilen milyonlarca can, Allah'ın emriyle mi alındı? Hz. Yusuf'u kuyuya atma emri dinden mi geldi? Biliyorsun, Yusuf'u kuyuya atan kardeşlerinden biri "günah" diye babası mabetteyken yanına gitmiyordu. Ama aynı kardeş onu kuyuya attı. Bu aldanışın sebebi din mi, yoksa dine teslimiyet olmaması mı? Kardeşini öldüren Habil bu emri Peygamber babadan mı aldı? On, emirde mi vardı kardeşini öldür, diyen emir? Hayır! Sadece insanın imana gelmeyen nefsinde vardı bu çirkeflikler.

Şunu unutma Yıdırım,

Şartlar oluşursa ve kişi kendisi isterse şeytan gibi olan insan iyi, melek gibi olan insan kötü olabilir.

Burada, İslam'ın nefis dediği, başkalarının ego dediği duygunun kontrol edilebilmesi mühim. O, daima kendisini üstün gören duygunun haddinin bildirilmesi gerek. Herkes kendini önemsemeli ama kendisini herkesten üstün görmemeli. Ayeti hatırlasana daima, üstün elden bir üstünü vardır. Ve Allah'tır kullara yetenek veren. Birinde güzel bir yemek mi var? Onun Allah'tan gelen nimet olduğunu bilmek... Her insanın yeteneği bir insana veya bir hayvana veya tabiata fayda verir. Kıskanmak niye? Ego işte burada.... Nefsin oyunu burada... Birde nefsin halka yayılışı var. örgütlemeleri var... O örgütten Allah cümlemizi korusun. Egodan oluşan örgütlerin fikirleri olmadığı için, bütün enerjilerini, fertlere kin ve nefret aşılıyorlar. Onların sadece bir düşünceleri var o da Müslüman' a kötülük planları kurmak onun için gençlerini sadece iftira etmek veya öldürmek ve Müslümanı hapse attırma yetenekleri gelişecek şekilde eğitiyorlar. İbrahimi dinlemiş olsan beni daha iyi anlardın.

Soruyorum. Onlara İslam böylesine çirkefleşin mi dedi? Korkunç bir yaratık olun mu dedi? Domuz bağlarını hatırlayın. Onların Müslümanlar tarafından yapılamayacağını anlamıştım.

İçindeki gavurlar, dışındaki gavurlarla birleşti ve binlerce cana kıydılar. Söyle, onlara kendi zihniyetleri mi bu katliamları yaptırdı, İslam mı?

İslam mı domuz bağını öğretti?

Sen zekisin Yıldırım.

Oduncu bize haksızlık yaptı diye adamın sinek gibi burnundan girdin. Hedefine ulaştın.

Sen istersen, asıl suçluları bulur, her suresinde dengeye davet olan Kur' anı yakından tanırsın.

Şunu unutma Yıldırım; Allah kullarını suça davet etmez, bilhassa suç işlemeyin davetinde bulunur.

Yıldırım, çok kötü günlerdeyiz. Zaten, hak batıl savaşının sürdüğü bu imtihan alanında, bu sınav sahasında bütün halinde iyi günler olamaz. Çünkü, Allah'ın indirdiği Kur'an'ı kıskanan müşrikler her zaman kudurma üzerine hayatlarını tanzim etmişlerdir. Ve müşrikler her zaman olacaktır.

Demek ki Müslüman'da her zaman kötü ile karşılaşacağını bilecek. Ona göre okuyacak, ona göre hazırlanacak, ona göre yüreğini büyütecek, ona göre hazır cevap olacak, ona göre düşmanı takip edip oyunlarından haberdar olacak.

Görüyorsun değil mi Yıldırım,

Dinsiz biri çıkıyor televizyonda dini anlatıyor, ya da dini kitap yazıyor.

Dini için mücadele edenlerin çoğu, Hacca gidenlerin yüzde doksanı, gerçek anlamıyla kelime-i şahadeti dahi bilmiyor.

Hala, telli babalar, telsiz ana türbelerinden yardım isteyebiliyorlar, olanca cahilane tavırlarla. Kolunda bir kilo altın olan kadın, sirke babayı ziyaret ederken, o sirkeyle oruç açmış, o halde ben de sirkeyle açacağım, diyebiliyor. Neden, hâlâ sirke babanın fakirlikten dolayı sirke ile oruç açtığını bilmiyor, bilse de idrak edemiyor. Ve hala, sirke babanın çizgisine göre o altınların aslında fakire verilmesi gerektiğinden habersiz. Bu insanlara din mi böyle putçuluk yapın, gidin ölüden bir şey isteyin dedi? Sen de biliyorsun ki hayır. İslam, putçulağun, şirkin her türlüsüne karşıdır.

Dinsizin dini anlatmasına alıştık, Kur'an'ın ruhunu bilmeyenlerin, Kur'an öğretmesine alıştık.

Şimdi bir de, dansözlerin Umreye gidip, geldikten sonra, "şimdi daha güzel dans edeceğim, deyişlerine alışmak üzereyiz. Sanki umreye daha çok günah işlensin, diye gidiliyor. Böylesine çarpıklıkların yaşandığı dünyadayız. Herkes kendi payına düşen yükü alıp, nurlu aydınlık için çalışmalıyken, sen kaçmayı yeğliyorsun.

Peki kaçtın.

Allah'a ne diyeceksin?

"Yok ki." diyeceksin belki de.

Ama sen kendini aldatmak için bunu söylersin eğer söylersen. Bir insan, milyarlarca şifre taşıyor genlerinde. Sen bunca milyarlarca, ayarlara, şifrelere tesadüfün birleşmesiyle bir araya geldiğine inanamazsın, buna asla inanmam.

Seni yaşadığın şok bu hale getirmiştir. Hem gerçek iman silinemez. Bunu sana sonra anlatırım.

Neyse, yine özel konumuza dönelim.

Canım kardeşim,

Yıldırım!

Beni duy,

Acımı duy,

Kederimi anla,

Beni anla.

Senin yüzüne nasıl bakarım bilemiyorum. Ya da bakabilecek miyim onu da bilmiyorum. Belki seni bu dünyada bir daha görmem. O cesareti bulmamam kendimde. Ama şunu bil ki, aldanışımı telafi için gece gündüz çalışıyorum. Otuz beş öğrencimi, şartlanma konusunda, Allah'ın izniyle kale gibi yaptım.

Batılın nasıl bir pislik olduğunu anlatıyorum. Herkese anlatıyorum herkese...

Yıldırım!

Canım arkadaşım!

Duy pişmanlık feryadımı!

Bak, şu anda ezan okunuyor. Sabah ezanı. Yaşadığını öğrendiğim günden beri sevincimden ve onunla karşılaşırsam ne yaparım, düşüncesiyle uyuyamıyorum.

Sevinç gözyaşlarım sele dönüştü ey Yıldırım!

Artık gör sevincimi ve acılarımı ne olur!

Bu uzun mektubumun cevabını bekleyerek satırlarıma şimdilik son veriyorum. Allah'a emanet ol canım kardeşim, biricik arkadaşım.

Seni çok ama çok özleyen Musa.

Mektubumu maille değil, postayla göndermeyi yeğledim. Elektronik postalar hatıraları yok ediyor. Faydalı yönü kadar zararlı yönü de var bu sanal dünyanın. Gerçi bana göre sanal dünyada gerçektir, ama zararı faydasıyla koşuşan bir gerçek bu.

Mektubu katladım. Sabah erkenden zarfa koymak üzere rafa koydum.

Kalktım abdest alıyordum, babam geldi.

Sevinçle sarıldım babama:

— Baba! Mektubu okudum ve mektup yazdım. Oh! Bir rahatladım görme baba.

— Buna sevindim oğlum. Seni kendinde görmek ne güzel. Madem düzeldin, biz de gideriz artık.

— Rica ediyorum baba. Birkaç gün daha kalın.

— Olmaz Musa. Ablanı yalnız bırakamayız. Annenin babanın bir eli daima kızının üzerinde olmalı, ama bunu damada ve ailesine fazla belli etmemeli. Kız evladı bunu bilmeli derim hep biliyorsun.

— Baba erkek evlatlar ne oluyor? Onların ilgiye ihtiyacı yok mu?

Babam ağarmış sakalını sıvazlayarak döndü. Banyonun kapısının önünde yüzümü silerken bana baktı!

— Allah-Allah! Bu soruyu soran Musa mı? Halbuki ben ona bu sorunun cevabını verdim sanıyordum. Her ikisinin ihtiyacına göre hareket edilir oğlum. Yoksa, ilgiye ihtiyacın olduğu zaman beni yanında bulmadın mı?

Mahcup-mahcup baktım babamın gözlerine:

— Haklısın babacığım. Hem de çok haklı. Kuldur ya babacığım, fesatsız olamıyor.

— Zararı yok. Beni bekle de cemaatle kılalım.

Bekledim.

Baktım annemi uyandırıyor.

"Meleğiiim!" karanlık dünyamın ışığı ezan okundu kalk, güneş sen kalkmadın diye, doğmak üzere ama doğmuyor." diye annemi cilve ile namaza kaldırıyor, hanımı namaza kalksın diye elinden geleni yapıyor, işte gerçek insan, gerçek eş, gerçek müftü bu.

Şu babama bayılıyorum. Cahil bir Müslüman olsa; "kız karıı! Kalksana lan" derdi.

Babamı izledim. Kız kardeşimin kapısını çalarken de aynı zarifliği üzerindeydi:

"Dünyanın en güzel kızı, bugün Allah'ın emrini dinlemek istemiyor mu yoksa? Yoksa, güne müşrikler gibi girip, Müslüman'ca mı çıkacağını sanıyor? Acaba, kızımı şeytan aldatmış olabilir mi?" diyordu.

Tabii annem de babam da kalkıp abdest aldılar. Namazı cemaatle kıldık. Çünkü dışarısı hem çok soğuk ve karlı hem de cami uzaktı. Zaten öyle olmasaydı babamı cemaat namazından kimse ayıramazdı.

Ahh babalar!

Babam gibi olsalardı, kazanılmayan kaç genç kalırdı ki? Binde bir Nuh'un oğlu Sam'ın kardeşi gibi olanlar çıkardı, ama yüzde doksan dokuzu bizim kalırdı.

* * *

Mektubu, mektuba hasret kalmış PTT'ye verdim.

Yarın annemler gidiyor.

Bugün kız kardeşimle konuşmak istedim. Onu alıp kartopu oynamak vaadiyle tenha yerlere götürdüm. Önce uzun süre kartopu oynadık. Ona iltifatlar ettim. Ve duygularımı söyledim:

— Biliyor musun Hazar ben seni çok seviyorum. Bunu hissediyor musun?

Gözlerime derin derin baktı. Gözlerini dilinden daha iyi anlarım!

— Konuş Hazar. Gözlerinin tercümanlığını yap.

— Abi!

— Efendim canım.

— Sence, ben senin bana olan sevgini anlaya bilir miyim?

Ne cevap vereceğimi şaşırdım:

— Bilmem. Halimden anlaşılmıyor mu?

— Abi! Sen kendi içini bildiğin için beni biliyor sanıyorsun anlaşılan. Ama biliyorsun abi, sevgi gösterilmeyince niyetlerden anlaşılamıyor. Niyetlerle anlaşılsaydı....

Birden derinlere daldı Hazar. Onu anlamıştım. "Niyetlerle anlaşılsaydı beni Yıldırım anlardı." demek istiyor.

Kar üzerinde kart kurt sesleriyle yürürken konuşuyorduk.

— Kardeşim, biliyorsun Yıldırım yaşıyor. Sana şeref sözü veriyorum. Eğer Yıldırım imana gelirse, onu sana isteyeceğim.

Şok halinde bana baktı. Donmuş gibi uzun süre baktı:

— Gerçekten bunu yapar mısın?

— Tabii seve seve hem de. Başkalarına arabulucu olup evlendirmek sevapta, insanın kızına, kardeşine arabuluculuk yapması günah mı? Sen otuz yaşına merdiven koydun. Kimseleri istemedin. Yıllardır onu sevdiğinin farkındayım. Onun nasıl bir yakıcı özelliği olduğunu iyi bilirim. Artık ben de aşkıma kavuşmak üzereyim. Sıra sende.

Hazar kar taneleri eline biriksin diye ellerini semaya doğru açarken mırıldandı:

— Abi, birden bire bu kar yağışında bir güzellik oldu değil mi? Sanki havaya tat geldi. Allah izin verirse ben de Ayşe ile kartopu oynayacağım. Kızlar çok dizi izliyor. Dizilerde uydurma kocaları gördükçe, biliyorumki, o tür kocalara özeniyorlar. Ben de özeniyorum, çünkü insanım.

* * *

Ders başladı. Öğrencilerim geleceğimi bildikleri için, alt kattan ikinci kattaki sınıfa kadar gül serpiştirmişler, sıra halinde merdivenlerde bekliyorlardı.

Hepsine teşekkürlerimi sundum. Açıkçası, öğrencilerimin kalplerini kazanmış olduğumu görmek beni çok mutlu etti. Zaten Yıldırım ölmemiş, her geçen gün sevincim artıyor.

Mutlu mutlu merdivenleri çıktım. Baktım müdür bey bana bakıyor. Ben de ona baktım. Birbirimizden hiç hoşlanmayarak bakıştık. Az kaldı ki, "Benden şikayetçi olan öğrencilerim şikayetlerini böyle dile getiriyorlar." diyecektim.

Sonra aklıma geldi.

Düşman bile olsa, hiç kimseyle alay edilmemeli. Kendimi frenledim.

Müdüre selam verip sınıfa girdim.

Dersi anlatmaya başladım:

— Arkadaşlar, edebiyat edep kökünden gelir. Seçilmiş tavırdır edep. Nazik, kibar, zarif. İşte haldeki bu özelliklerin kelimelere sirayet etmesidir edebiyat. Güzel konuşmak... Güzel yazmak... Bağırmamalı cümleler, küfretmemeli kelimeler.

Nazlı atıldı:

— Fakat hocam, siz bazen bahsettiğiniz ölçüleri çiğniyorsunuz!

— Haklısın. Bizi öyle hale getirdiler ki, zaman-zaman edebi unutuyoruz bu doğru. Kuldur ya bu kusursuz olmuyor arkadaşlar. Hiç olmazsa hatayı aza indirtelim. Hem de şunu unutmayın, herkes her bilgiyi kullanamaz. Bilgiyi kullanmak yetenektir. Bazı bilgileri, yetişme tarzımız olsa gerek, uygulayamıyorum. Ama siz uygulayabilirsiniz diye, altın kullanmayan kuyumcu kabul edin beni ve verdiğim bilgileri değerlendirin.

Birden ne görsem masada iyi! Şok oldum. Fehmi'nin masasında "Harcandık" romanı. Elektrik çarpmışa döndüm. Sonra sordum:

— Nasıl bir roman bu?

— Bitirmedim hocam. Ama çok güzel gidiyor. Oduncudayım. Köpek ısırdı. Çok heyecanlı yerindeyim hocam. Bu roman bir dizi olsa öyle güzel olur ki. Zavallı Musa'nın ayağını ısırdı köpek.

Aynı gence ertesi gün de sordum:

— Harcandık nasıl gidiyor?

— Sormayın hocam be. Keşke o Musa geberseydi. Öldürdü. Yıldırım'ı. Öyle çok ağladım ki hocam, benim ağlayışımdan dolayı, ilgisini çekti, şimdi romanı babam okuyor. Ah bir dizi yapılsa bu, Türkiye'de rekor kırar. Ama ahlaksız Musa'ya çok sinirlendim. Tövbe tövbe! Musa'da peygamber ismi ama, ben peygambere söylemiyorum.

— İşte kötüler böyledir. Ama duyduğum kadarıyla Yıldırım ölmemiş, Musa da hatasını anlamış. Çok üzülmüş.

Harcandık'ın yazarı şimdi Harcandık'ın devamını yazıyormuş. O Musa'nın ismini romanda değiştirmiş yazar. Asıl ismi Musa değilmiş yani.

Öğrencim sevincinden kalktı boynuma sarıldı:

— Bu müjdeyi bana verdiğiniz için size çok teşekkür ediyorum. Roman çıksın hemen alacağım. İsmi neymiş?

— "Bilseydim"miş.

— Sen yazarlarıyla görüşüyor musun?

— Evet görüşüyorum.

— Hocam nasıl biri. Aynen bizim gibi insan mı? Pardon ya, ne saçmalıyorum, yani bizim gibi mi?

— Hem de tıpa tıp biz. Ama o yaşlı.

— Çok mutlu oldum. Sınıfta herkesin dikkatini çekti roman. Demek ki, dindar yazarların romanlarını medya haber yapmadığı için okuyucusu böyle böyle tanıtmalı diye düşündüm.

Öğrencilere,

Başkasından kitap almayın, eğer imkanınız varsa, kitabı kendiniz alın. Okuyun kütüphanenize koyun. İleride çocuklarınız hangi süreçten nasıl geçtiğinizi görsün. Şuradaki ders kitaplarınızı bile saklayın. Ama kitap alma imkanınız yoksa emanet kitap alın ve okuyunca sahibine iade edin.

* * *

Sevinçten uçuyordum. Mutluydum. Yol boyu açtım kaseti, Mustafa Özcan Güneş doğdu ile, Abdurrahman Önül'ün son kasetini dinledim. Sonra "Sana dün tepeden baktım ey İstanbul şarkısını söyledim.

Eve gelir gelmez, Ayşe'yi aradım:

— Ayşe, Allah'ın emri, peygamberin kavli ile seni, gönlümün tavsiyesine göre ve kendi gönül sesime göre istetmeye geleceğim. Benimle evlenir misin?

Kızcağız şok oldu. Haddimi bildirmeyi de ihmal etmedi:

— Bu teklifin arkası kaç yüz yıl sonra gelir, bir yüz yıl yeter mi?

— Haklısın Ayşe'm hem de çok haklı. Ama inan bu defa Allah izin verirse hemen istetiyorum. Yalnız bin kilometre uzağa yani buraya gelin geleceksin.

— Kısmet. İnşallah hayırlısı olsun.

O günden sonra Ayşe'ye her gün mesaj çektim.

Ona çok acı verdim. Ama acılarını unutturacağım inşallah.

Allah'ım, içim içime sığmıyor. İç hatlarımda bayram var. fazla coştular. Onca acılardan sonra bana böyle bir mutlu günler gösterdiğin için sana teşekkür ediyorum.

Beni bana, beni sensiz bırakmadığın için yanlışlarımı örttüğün için, her şeyin için sana ne kadar şükretsem azdır Allah'ım.

* * *

Dersten çıktığım bu gün eve yayan geldim. Sabah yürüyüşü zarar, akşam yürüyüşü faydalı imiş ya, biraz bu sebeple biraz da yer-yer eriyen karlı caddelerden yayan geçmek istedim. Bir saatte eve geldim.

Yürümek insanı açıyor.

Geldim ki posta kutusunda ne görsem iyi! Anladığınız gibi Yıldırım'dan mektup var.

Sevincimi herkes tahmin eder.

Merdivenleri ikişer üçer çıkıp koltuğa oturdum. Mektubu heyecanla açtım:

"Merhaba Musa,

Mektubumun yanıtını aldım. Zahmet etmişsin. O kadar yorulmana gerek yoktu. "Kafirlere karşı şiddetli ol ve onları savaşa davet et" diyen bir din ile artık aram düzelemez. Bir daha o tür konularda bana yazıp zahmet etme. Kendine iyi bak.

Hoşça kal. Yıldırım.

Allah Allah! Bu ne soğuk mektup böyle? Ben de bir alemim. Adamı öldürmüşüm hâlâ ondan Sıçak ilgi bekliyorum. Tilki tavuk çalarken yakalanmış. "Bu nasıl ev sahibi bana gülen yüz göstermiyor," demiş. Aynen tilkiye benzedim. Yaptığım kötülüğü hesaba katmadan ondan ilgi bekliyorum.

Moralim bozuldu ama Yıldırım haklı. İnsanın katiline

candan davranması beklenemez. Ben ilgi beklediğime göre saçmalıyorum demektir.

Hemen telefonu elime aldım. Ummadığım bir cesaret geldi bana.

Yıldırım'ın cebini aradım. Kalbim çarpıyormuş, baygınlık geçiriyormuşum, umurum olmadı. Birden onun sesini duyunca allak bullak oldum:

— Buyurun... Evet sizi dinliyorum.

Nefes nefese kaldım. Bir cesaret topladım yine:

— Yıldırım ben Musa!

Galiba şok oldu, uzun süre cevap veremedi. Saniyeler sonra cevap verdi:

— Bayağı cesurmuşsun. Bravo sana.

— Yıldırım! Yusuf'u kardeşleri kuyuya attı. Yusuf kardeşlerini bile affetti. Biliyorsun, yakını affetmek daha zordur. O kendisini öldürmeye gelen kardeşini affetti. Düşün, kardeşini öldürmeye kalkan, oysa ben yıllardır köpekler gibi ağlıyorum. Pişmanlığıma yer gök şahit.

Ağlayarak bağırdım:

— Hâlâ beni affetmiyorsun köpek! Ben bin kere öldüm köpeeek! Beni neden affetmiyorsun?

— Demek yakını affetmek daha zordur. Demek uzaklar daha kolay affedilir. Hayvan bana senden yakın biri mi vardı? Özrün kabahatinden büyük.

Telefonu kapattı yüzüme. Telefon elimde öylece kala kaldım. Ama mutlu olmuştum. Ne de olsa konuşmuştuk.

* * *

Annemi babamı gönderdim Ayşe'yi istemeye. Babası damat adayını bir görelim demiş. Durur muyum? Hava alanında açtım gözlerimi.

Cumartesi günü damatlar gibi giyinip gittim kayınpederin yanına. Beni çok beğendi. Ayşe'yi göremedim. Sorsam soramadım. Çok sıkıldım. Sonradan kendi kendime dedim ki, "ya, ben neden utanıyorum, Ayşe'yi sorayım annesine." dedim ve sordum.

Kayın valide çok iyi kadın belli. Bana:

— Ayşe dedi ki, ben onu çok bekledim, biraz da o beni beklesin dedi. Ne ettinde bu kızı kızdırdın böyle. Ula büyü mü yaptın ne ettin bu kıza bir uşak beğendiremeduk?

Güldüm:

— Her halde beni seven bir genç kız başkasını beğenemez.

— Sen de şımardın heee?

— Yoo, şımarmak yok. Gerçekten nerde Ayşe?

— Gerçekten komşudadur.

— Çağırsak onu.

İnsan, büyüse de insan, ütüsü bozulmadan beni yeni

takım elbisemin içinde görsün istiyorum. Yaptığım şakaydı ama iki saat bekledim Ayşe'mi. Bir geldi ki aman Allah'ım! Geceye güneş gibi doğdu sanki, Ayşe uzun ve bol kıyafetle kapanmış, yakalarını örten bir başörtü örtmüş, ona örtü o kadar yakışmış ki, ona bakınca imanım aşka geldi. Ama uzun süre yüzüne bakamadım. Benim, evinin önünde saatlerce bekleyip, ona görünmeden gidişim, yazdığım mektubu ona veremediğim için onlarca mektubu yırtmam da tuhaf tavrımdandı. Aslında seven utangaç olurmuş bunu da yeni öğrendim. Ama bu defa utancımı ayaklarımın altına aldım. Uzun uzun baktım ona. Gözleri gülüyordu. Ayşe'ye kapalılık çok yakışmış. "Ayşe" dedim, kapalılığını kamufle edercesine makyaj yapacaksan bunu bana şimdi söyle.

— Makyaj yapacağım, desen ne yaparsın?

— Bilmiyorum.

— Yani, seninle evlenmem diyorsun.

— Hayır öyle demiyorum.

— Öyle diyorsun.

— Hayır, öyle diyemem. Çünkü senin hatana karşılık çok güzel yönlerin de var. seninle evlenmem, diye bir şey yok. Evlenirim çünkü sensizlik bana ölümdür. Ama ben, hafif sürmeyi, afedersiniz erkeğin farkedeceği makyajı yapan yani tam makyaj yapmış, boyanmış bir kapalı kadınla sokağa çıkamam. Beraber sokağa çıkamayız. Eğer beraber çıkalım, diyorsan o gün makyaj yapmazsın. Hafif, bakım içerikli şeyleri kastetmiyorum.

— Sen bana, seninle de olamıyorum sensiz de demek istiyorsun.

— Hayır, öyle demiyorum.

— Diyorsun.

— Ayşe, sen inatçı mısın?

— İnatçı olmasam bu kadar yıldır seni bekler miydim?

— Şimdi, sadede gelelim. Sen ne diyorsun, bundan sonra makyaja devam mı edeceksin, makyajı bana feda mı edeceksin.

— Ama seninkisi psikolojik baskı değil mi?

— Onlar aile huzuru için lazım olan her şeye baskı, diyorlar. Kendileri ise, kabile baskılarını asla eksiltmiyorlar bizim üzerimizden. Ben baskı maskı anlamam. Benim Karım başka erkeklere şuh görünemez. Görünecekse beraber gezemeyeceğiz.

Ayşe biraz durakladı:

— Gel biz bu evlilikten vazgeçelim.

— Sen delirdin mi?

— Hayır! En mantıklısını yapıyorum.

— Yani makyaja satılıyoruz.

— Bizim fikirlerimiz uyuşmuyor.

— Şu işe bak, şeytanla uyuşuyorsun, ama benimle uyuşamıyorsun öyle mi?

— Demogoji yapıyorsun.

— Ama sen her şeyime bir şey buluyorsun. Böyle olmaz ki.

Ayşe'nin annesi bizi izliyordu:

— Siz şimdiden vurdunuz kavgaya. Ha bu evlilik adam gibi yürür mü sizce? Ben bizim adama söyleyip ha bu işten vazgeçmesini isteyeceğum. Ha bu iş yürümez.

Aynı anda Ayşe'yle birbirimize baktık.

İkimiz birden aynı sözü söyledik. "Sakın ha anne!" Mesele anlaşılmıştır. Uzun süre kavga ettik. Sonra da Ayşe'nin itirafı geldi. "Ben seni bir makyaj uğruna bırakır mıyım?" sevinçle o gece sözü kestik.

* * *

Pazartesi görevimin başındaydım.

Tekrar Yıldırım'a takılıydı aklım. Ne diyordu o, "savaşa teşvik et diyen..." hangi ayeti yanlış yorumladılar ona kim bilir. O ayeti bulacağım. Ayeti anlama işini pastadan anlamak gibi sanıyorlar. Kolay anlaşılan ayetler var tabii ama ilimi birikim olmadan anlaşılmayan ayetler de var. İslam düşmanları da o ayetleri bulmakta, İbrahim suresinde (1-10) geçtiği gibi, dinde hata aramakta çok mahirler. Evet, arkadaşımın yanlış anladığı ayeti bulmalıyım. Müslüman'da ve İslam'da hata aramaktan başka bir iş yapmayanlara onu kurban edemem. Ona, "Allah'ın indirdiğini, yani Kur'an-ı çekemediler." diyor diyen El-Bakar suresi ayet 90'dan bahsetmeliyim." Kıyamet günü Allah onlarla konuşmayacak, diyen El-Bakara 175'i ilk okuduğum zaman çok feci ürkmüştüm. Müşrikleri yakından tanıdıkça, bu ayeti daha iyi anladım. Bunu ona nasıl anlatabilirim bilemiyorum. Onlar sadece fitnecidirler. Aynı surenin 117. ayetinde, fitne katilden büyüktür, dediğini de.

En iyisi ben ona bir mektup daha yazayım. Yıldırım ne kadar sapıtırsa sapıtsın, O müşrikler gibi, Allah'ın dinini kullarından kıskanmaz. Onun için de o her zaman iman etmeye yakın:

"Sevgili arkadaşım Yıldırım,

Sakın bu mektubu yırtma! Sonuna kadar oku.

Anladım, beni istemiyorsun artık ve sevmiyor, güvenmiyorsun. Çok haklısın, hiç kimse katilini sevemez.

Beni terk et tamam. Ama Allah'ı terk etmeni anlayamıyorum. Sen eninde sonunda ona döneceksin. Sonsuz bir hayat var önümüzde. Ahiret yok gibi davranmakla onu yok edemezsin ki.

İslamî kesimde, din kardeşlerine çamur atmaları misal veriyorum. Onlar tam iman edememiş tam teslim olamamışsa, onların kanı bozuksa, bu sana dinsiz olma hakkı verir mi? Kötülere bakarak canım İslam'a karşı çıkman, haklı sebep olarak Allah'a sunulur mu?

Kendine gel Yıldırım...

Kötülerin suçunu Allah'a ve İslam'a yükleme. "Mü'minleri savaşa teşvik et. Nisa Suresi ayet 84'ü konu ediyorsun. Bir defa O ayet, senin anladığın savaşı kastetmiyor. Mücadele edilmesini kastediyor. Allah savaş çıkaranları sevmez. İslam da, savaş çıkaran günahkardır. Ama, birileri savaş açmışsa savaştan kaçmakta günahların en büyüklerindendir. Yani, o ayet mücadele edin diyor, asın kesin, demiyor. Ayetlerin esbabı nuzülünü bilmeden olmaz Yıldırım...

Ve daha neler neler neler yazdım.

* * *

Aylar geçti Yıldırım'dan cevap gelmedi. Mesaj da yok. Çok üzüldüm tabii mesajlar çektim tekrar tekrar. Günler sonra, "Artık hayatımda sen yoksun, lütfen beni rahatsız etme. Senin yüzünden bir kadeh içeceğim içkimi beşe çıkardım, beni rahat bırak." demesin mi? Hemen abdest aldım. Sonra kendimi camiye attım. Adeta, çıldırmama yeri, Allah'ın mecaz manadaki evinde misafirdim, misafiri ikramsız çevirmezdi, sabırla, namazda O'ndan bana sabır vermesini diledim.

Bir saat sonra eve döndüm. Ellerim cebimde evde dolaştım. Yapacak bir şeyim yoktu. Sonunda ona ağır bir mail gönderdim:

"Sen bir korkaksın. Zavallı aciz. Benim gibi aldanmış, şartlanmış bir aptal yüzünden dininden olan bir zavallı.

Aylardır canım çıktı senin gönlünü alacağım, diye. İslam'ın suçu yok, diye. Senin canın dinsiz olmak istiyormuş sen de bahane arıyormuşsun. Git, cehennemde göreceğim seni. Bakalım orada da "özgürlüğümü iyi ki kullanmışım." diyebilecek misin?

Sana kötülük yaptım tamam. Ödemeye hazırım. İstersen gel üç beş kurşun da sen bana sık. İstersen polise ver. Ama dinsizliğine artık beni bahane etme. Etsen de geçerli değil. On yıldır sana aşık olan kız kardeşim için seni istemeye gelecek, seni eniştem yapacak ve kendimi sana affettirecektim. Aylardır da artık senin inanmamana benim sebep olduğuma da inanmıyorum. Babam, "iman etmemeye sebep olmaz. Kişi, inanmak istemezse inanmaz" derdi. Sana gece gündüz çalışıp şüphelerini yok edecek, delillerde sundum. Daha ne yapsaydım hayvan! Aldandım, diyorum. Gençtim, Müslümanlar üzerinde bu kadar tuzak olduğunu bilmiyordum. Bilseydim beni aldatabilirler miydi? Sen beni tanımıyor musun?"

Kendimi kaybetmiştim.

Baktım haddi aşıyorum devam etmedim, "hayvanı" sildim.

Bıktım ya, resmen bıktım. Ona karşı mahcup olduğuma beni pişman etti. İnsan, günlerce yalvaran insanı affetmez mi?

* * *

Yıldırım'a rest çekmek beni rahatlattı. Huzur içinde okula gittim. Hem de yeni aldığım arabamla. Bütün okulu düğünüme davet ettim.

Davetiyeye şunu yazdık:

"Biz, birbirimize anlayış göstereceğimize inanarak evlenmeye karar verdik. Bu mutlu günümüzde sizi aramızda görmek istiyoruz."

Adımızı yazdık, anne-babalarımızın adını yazdık. Bu konuya şunun için girdim. Bazı davetiyelerde, babaların adları var. Niye? Ya hiç isim vermeyin ya da şöyle yazın:

Ayten ve Ali'nin kızı ayşe ile, Mehmet ve Sema'nın oğlu Musa evleniyor.

Kartın bir ucuna, düğün İslâmi usullere göre yapılacaktır, yazdırdım. Ayşe biraz yadırgadı, ama Laz kızlarının yürekleri kompleksiz olurlar, kabul etti.

Kına gecesinde sırf kadınlar vardı. Kadınlar kendi aralarında istedikleri gibi oynadılar, eğlendiler. Ertesi gün erkekler kendilerine ayrılan yerde oynadı, kadınlar da Kur'an-ı Kerim'le açılış, sonra bir ilahi, sonra "Anne ben elektrik aldım" isimli tiyatro, sonra ilahi, şiir ve kısa bir parodi ile takı faslı ve kısa bir dini içerikli sohbet, son olarak dua, düğün son buldu. Erkekler tarafında, gençler kurtlarını döktükten sonra camiye gittik. Orda da dini kısa bir sohbet oldu. Sonra da dua ve dağıldık. Düğünü eziyete çevirmenin anlamı yok. Düğünde haram işlenmediği sürece o düğün İslâmidir, ya da ben öyle sanıyorum. İfrat, İslâm'a ilgiyi azaltır. İlgi artsın diye harama izin vermek yanlış olduğu gibi, helalleri yasak etmekte o denli yanlıştır.

Talebelerimin biri hariç hepsi geldi. Öğretmen arkadaşların dinsizi bile geldi. Dinsiz fakat İslâm düşmanı olmayan dinsiz ha! Kalbi mutmain olur olmaz bu adam iman eder. Yıldırım'ın yüzünden öğretmenle hiç ilgilenemedim. Ona, neden dinsiz oldunuz, benimle duygularınızı paylaşır mısınız, diye sorabilseydim belki yardımcı olurdum.

Ayşe ve akrabaları bol bol horon oynadılar. Fakat sohbeti her iki taraf zevkle dinledi. Hocalarımızı bilinçlilerden seçtik. Erkeklere sohbet eden hocamız İmdat Kaya, hanımlara Fatma Hoca Hanım idi.

Neyse, sonuçta düğün bitti. Yıllar sonra muradıma erdim. Ertesi gün camiye gittim, şükür namazları kıldım, Rabbime içimi döktüm, teşekkür ettim.

* * *

Haftalar sonra okulun kapısından içeri girdim. Müdür karşımda. "Sizinle konuşmam lazım." demesin mi? Derse girmeye beş dakika var. Daima benden sorumlu olan kişiye saygılı davranırım. O müdür mü? Tamam o halde, ona karşı geleceğim yer var gelemeyeceğim yer var. Saygılı tavrımla sordum:

— Efendim şimdi ders saati. Teneffüste konuşsak?

Ayet diyorya hani, "Siz onları sevseniz de onlar sizi

sevmez." Ben kibarca davranıyorum, ama o adama benim kibarlığım da batıyor. Sert sert cevap verdi:

— Zararı yok. On dakika derse geç girin.

— Peki, dedim.

Onun odasına geçtik. Direk konuya girdi.

— Musa Bey. Açık konuşuyorum, sizden şikayet var. Veliler... Veliler efendim. Bir de düğününüze davet etmişsiniz. Bu ne samimiyet? Daha önce sizi ikaz etmiştim. Fakat ikazımı önemsemediniz. Veliler de sizden şikayetçi. Bu durumda sizi sürgün edecekler. Sonra beni suçlamayın.

Müdürün sözü henüz bitmemişti ki, birden öğrencilerin içeri daldığını gördüm. Sonra da müdürü yerde... Ben "durun" diyemeden müdürü komalık ettiler. Kimi, "Sen bizim öğretmenimizden ne istiyorsun ha?" deyip yumruğu indiriyor, kimi, "Hocamızı kıskandın, ailelerimizi bahane ederek kendi hedefine hizmet için hocamızı kullandın ha!" diyerek tekmeliyordu.

Müdür kanlar içinde kaldı. Hemen hastahaneye kaldırdım. Hastahaneye götüren benim, öğrenciler onu öldürecekti ben engel oldum. Savaşı o başlattı. Benim bir suçum yok. Buna rağmen laikci gavur, polise benim yaptırdığımı söyledi. Beni apar topar götürdüler.

Günlerce içerde kaldım. Yeni gelin Ayşe'm yalnız kaldı, ama sağolsun Nazlı gelmiş, onun yanında kalmış. Sonra annem gelmiş.

Sonra da öğrenciler veliler el ele vermişler. Mahkeme günü bir de baktım, hepsi bülbül gibi beni savunuyorlar. Müdürün bulduğu piyonu ezip geçtiler. O kadar güzel konuştular ki ben mest oldum. Özellikle, "Musa öğretmen geleli, çocuklarımız kişilik sahibi birer genç oldular." sözleri beni mestetti. Aslı ağlayarak ifade verdi. "Bazıları, dindarları neden bize düşman gösteriyorlar? Yıllardır, 'dindarlar bizi kesecek!' dendi, biz de kuzu kuzu aldandık. Şimdi ise bizi her türlü şartlanmaya karşı uyanık durmamızı salık veren hocamıza kancayı taktılar. Derin devlet kokusu alıyoruz. Hocamızın, kurallara aykırı hiçbir tavrı olmamıştır. Aksine, Müdür Bey'den rahatsızlık duyuyoruz. Şikayetçi de değiliz." vb.

Berat ettim.

Pazartesi okula geldiğimde, müdür odasında kalabalığı farkettim. Benim öğrenciler. "Ya bu okuldan ayrılıp başka okula gidersin ya da biz sınıflara girmiyoruz." diyorlar. Onları uyardım, yapmayın falan diye. Bir hafta içinde o çağdaş kefere gitti. Yerine gelen de laik zihniyetli biriydi. Fakat adamda fikire saygı anlayışı var. Onun sayesinde huzurlu bir ders yılına girdik.

Kendimi bir konuda takdir ettim. O müşrik müdürü komaya sokmadığım için.

Özetle okul faslım böyle bitti.

İbrahim bana mektup göndermiş. Posta kutusuna elden attırmış. Çocuk feryat ediyor:

"Duyurun ne olur, asıl düşman ne denize dökülenler, ne de boğazdan gemilerini alıp gidenler, asıl düşmanlar burda. Irkları Türk. Sözüm ona vatanlarını çok seviyorlar. Yalan! Vatan lehine hiçbir işleri yok. Onların çalışması sadece İslam'dan nefret etmeleri sebebiyledir. Sadece İslam'dan nefret. Ne PKK ne İngiliz ne Fransız dertleri.

Onların derdi gerçek Müslüman olan Türklerle gerçek Müslüman olan Kürtler ve diğerleri...

Dün yeni bir karar aldılar. "Kamuda başörtüsü olamaz, sözümüze mantıklı bir açıklama bulmalıyız, sonra da medya yolu ile halka o açıklamayı duyurmalıyız." dedi içlerinden biri. Bu kişi gazeteciydi.

Herkes görüşünü söyledi. Biri "Başörtülü memurlar, başı açık vatandaşı rahatsız eder, memurun yanlı davranacağına inanır. Bu sebeple herkesin başı açık olmalı diyoruz, diyelim" dedi. Hep beraber kabul ettiler.

İnan Musa nerdeyse çıldırıyordum. İçimden, "Be şerefsizler, bu mantığa göre başı kapalı bir vatandaş da başı açık memurun yanlı düşünmesinden rahatsız olur" demek geldi. Olmasın efendim, başörtülü olan başı açıktan, başı açık olan başörtülüden rahatsız olmasın. Zaten olan da yok. Putunu kendi yapar sonra da kendi tapar, cinsinden kefere bunlar. Açık kapalı savaşı varmış izlenimini kasıtlı veriyorlar. Sonra da "başardık" diye şampanya patlatıyorlar. Sel gibi para akıyor bunlara. Nerden akıyor bilmiyorum, ama akıyor."

Bunları okuyunca hepten kuvvetlendirdim kararımı. Ölene kadar çalışacağım Allah'ın izniyle.

* * *

Evet, Yıldırım ölmedi. Ama zararı ölümden daha büyük.

Karımla mutluyum.

Birtek üzüldüğüm Yıldırım var, ama beni çok kızdırdı onuda düşünmemeye çalışıyorum.

Ablamın ilgisizliği vardı canımı sıkan.

Onunla konuştum. Meğer o da bana kırgınmış. Evlendiği günden beri, "Ablacığım, başın dara düşerse, bil ki burda ben varım." dememişim. Haklı, ama ben bende değilim ki. Onu da uzun uzun anlattım ablama.

* * *

Gençler, size birşey söyleyeyim mi? Eminim "söyle" diyorsunuz. Sıradan olan en zalim insanda bile vicdan kırıntısı vardır, şartlanmış insanda vicdanın kırıntısı bile yoktur, olamaz da. Şartlanmak, aslında büyülenmektir. Büyüdür insanı şartlandırma olayı.

Hazreti Ömer (r.a)'in bazı sözlerine bayılıyorum. O diyor ki; "Kötü işin en gizli şahidi vicdandır." Derin devletçilerde, aşırı laiklerde asla vicdan yok. Olsa ben arkadaşımı öldürecek hale gelebilir miydim? Fakat burda bir incelik var, şu soruların cevabını bulmalısınız.

Onları Müslümana karşı kim vicdansızlaştırdı? Neden? Nasıl? Ne zaman? Ve neden Müslümanlardan korkuyorlar? Onları kim korkuttu? Ya da kimler? Neden? Nasıl? Ne zaman? Nerde? Ne ile?

Victor Hugo "En mükemmel adalet vicdandır" diyor ya, bu söz doğru, ama şartlanmamış insan için doğru. Şunu bilin ki, vicdan da şartlanınca doğruyu göremiyor. İnsan sanıyor ki, kişi kendinden hatayı gizlemez. İddia ediyorum, şartlanmış insan, yanlışları kendinden gizleyebiliyor. Vicdanı görmüyor ya... Halid Ziya Uşaklıgil'in "İnsan tuhaftır! Kötü bir iş yapacağı zaman, önce vicdanını susturacak bir sebep bulur." sözü bu bağlamda düşünülmelidir.

Biliyor musunuz, ben Yıldırım'a kurşun sıkarken kendimi Amerikalı bitli kovboylara benzetiyordum. Kahramandım kendimce. Çünkü önce benim vicdanımı köreltmişlerdi. Balzac'ın "biz onu öldürmedikçe, vicdan en yanılmaz yargıçtır" sözü de şartlanmamış insanlar için geçerlidir. Hani iyi kanunlar vicdanın yazdığı şekillerdir ya ve bir soru bin cevaptan güçlü olabilir ya...

Şimdi o sorulardan bir kaçını soruyorum. Malum derin devletçiler kanun yapsa, hangi vicdanla yaparlar? Neye göre? Nasıl?

Yıldırım ölmüş olsaydı, ben bir ömür nasıl yaşayacaktım? Ve siz, insanlığın düzelmesi için ne yapacaksınız?

* * *

Ayşe'yle evlenince dünyam değişti. Laz kızı olan eşim Ayşe beni çok şaşırttı. Kırk yıldır fıkhı, akaidi bilen Müslüman alime duruşu sergiliyor. Bir yerde Laz kızları ne iseler öyle görünürler, yürekleri mert olur, şeklinde bir söz duydum, bunu iltifat etmek için ona söyledim:

— Ayşe harika bir Laz kızıymışsın. Yüreğin büyükmüş, dedim.

Ayşe gözlerime dik dik baktı hani sinsi bir gülüş vardır ya öyle gülerek cevap verdi:

— Ama unuttuğun bir şey var, imani konularda büyüyen yürek Lazlığından değil, imanından büyür. Ama şu bir gerçek, Laz kızları da inandıkları zaman yiğitce inanırlar.

Hiç sazan olmuyor Ayşe. "Laz kızları da inandıkları zaman yiğitce inanırlar" cümlesindeki "da"yı unutmaması çok hoşuma gitti. İnsanın hanımından bir şeyler öğrenmesi çok hoşuna gidiyor. Ne güzel söyledi, yürekler her yerde farklı farklıdır. Kimi insan vardır, imansızlıktan hiç korkmaz. O konuda yüreğini beslemiştir. Aynı insan "inanırsam" diye korkudan tavşana döner yüreği. Yani, yürekler de, sevdikleri konulara göre büyüyorlar.

Evlendikten aylar sonra bir buket karanfil aldım, içine 2 gül koydurdum. Eve geldiğimde o çiçekleri saksıya koydum, içine su doldurup masanın ortasına yerleştirdim. Uzun zamandan beri Yıldırım'dan dolayı gülmeyen gözlerime ne kadar neşem varsa taşımaya çalışarak Ayşe'yle karşılıklı oturdum. Elime, hayat notlarım, dediğim defteri aldım. Ve eşime sordum.

— Benim sorularım var cennet gülüm, bana cevap verir misin?

Hiç düşünmeden cevap verdi:

— Tabi ki. Neymiş soruların?

— Soru bir. Aylar oldu senin eşinim. Bende beğenmediğin bir yön var mı? varsa açık açık söyle. Asla kırılmam, elimde olan bir sebepten dolayı yaptığım hataysa inan düzeltmeye çalışırım. Fakat yüzde yüz düzeltirim, diyemem. Alışkanlıklar bazen tik gibidir, gayriihtiyari yapılır. İnsan çoğunu engellese de bazen gözden kaçar.

Ayşe biraz düşündü. Düşünmesinden anladığım şuydu, bir şikayeti var, fakat söylemeye cesaret edemiyor.

— Söyle söyle.

Beni kırmamaya çalışan bir girişle başladı:

— Sen umduğumdan, hayallerimden bile iyi bir eş çıktın. Tabi, sonra bozulmazsan! Gerçi bozulacağını sanmıyorum, ama ne bileyim işte söyledim. İnsan bazen hiç düşünmediği kelimeyi söylüyor ne hikmetse.

— İmtihan.

— Kimin imtihanı?

— Karşıdakinin. Neyse şu hatama gelsek. Ya da hatalarıma.

Güldü.

— Hatasız kul yoktur, değil mi? İslam'ın insana haddini bildiren sözlerinden biri de galiba bu.

— Tabii ki öyle! Hatamız lütfen.

— Önce çiçekler için, sonra da beni önemseyip benim tarafımdan nasıl görüldüğünü merak ettiğin için çok teşekkür ediyorum. Hatalara gelince: Birincisi, misafir alıp ansızın getiriyorsun. Benim bir şeyden haberim olmadığına göre, haliyle bazı eksikler olur. Ama sen önceden "misafir getiriyorum" diye hem haber vermiyorsun, hem de "neden hazırlıgın yok aşkolsun" diyorsun. Sence bu hareketin doğru mu?

— Haklısın. Birdahaki sefere en azından bir saat önce telefon açarım, haber veririm, eğer habersiz bir misafir getirirsem seni hiçbir eksiklikten sorumlu tutmam. Söylediğin iyi oldu! Başka? Yine soru dolu baktı bana:

— Emin misin kırılmayacağından?

— Eminim, neden kırılayım? İnsan hatasını, yanlışını öğrenince kızar mı? Üstelik ben cahil de değilim. Hadi söyle.

— İkincisi, kadınlar ve kızlar İslam'a uygun giyinmeyince dandik giyimli kızlar, diyorsunuz. Eee, erkeklerden de dandik giyinenler çok var ama eleştirmiyorsunuz. Ben bir yıldır yüzlerce kitap okudum. İslam'da erkek de dar giyinemez, kadın da. Kadınlar eleştirilince çok hoşunuza gidiyor, hiç demiyorsunuz ki, biz de dar giyiyoruz. Şöyle şık bir cüppe giyseniz. Zarif duran ama erkeğe tesettür olan bir model olmalı. Yanlış mı düşünüyorum.

— Cübbe modelini Allah mı verdi?

— Hayır. Tesettürün ilk illeti bolluktur. Bol ve baseni örten güzel bir cübbe, iyi olur. Kışın pardesü, parka cübbe yerini tutar.

— Çok şaşırdım.

— Neye Şaşırdın?

— Bir kadının "erkeklerde de dandik giyinenler var" demesine şaşırdım. Evet, biz de iğrenç bir şekilde dar giyiniyor, oturup kalkışlarımızda hiç dikkatli değiliz.

Hele televizyonlara çıkan biri var ki, beni deli ediyor, hem daracık giyiniyor hem de sereserpe oturuyor. İzleyicisine hiç saygısı yok. Peki üçüncü hatam?

— Ailemin yanında bana hiç iltifat etmiyorsun. Halbuki, her kadın ister ki annesine babasına eşi "çok iyi insan yetiştirmişsiniz" desin.

— Aaa! Bak ben bunları hiç bilmiyordum. Başka hatam var mı? Yani senin gördüğün hata demek istiyorum.

— Şimdilik yok. Beğendiğim yönlerini sayayım mı?

— Eh fena olmaz.

— Birincisi, eve havlu bile alsan rengini bana soruyorsun ya bu yönüne bayılıyorum. İkincisi, kitap okuduğunda çok önemli cümle veya paragrafları hemen bana okuman. Düzenli olarak anneme babama telefon açman, güzel yönlerimi hemen söylemen. Sahi sormayı unuttum benim yanlışlarım neler?

— Senin yanlışlarını şimdilik hiç görmedim. Haa, sürmeni biraz koyu yapıyorsun, sürme sürmelikten çıkıyor göz makyajına dönüşüyor.

— Peki, bundan sonra sürmeyi hafif sürerim.

Uzun uzun konuştuk ondan yanlışlarımı alıp liste gibi defterime not ettim. Kadın kendine değer verildiğini mutlaka anlamalı, aksi halde yuvada hiç huzur olamazmış. Ben bunu kısa sürede anladım.

Ayşe yüzüme baktı hiç ummadığım bir şey söyledi.

— Bana ne güzel sıfatla seslendin, cennet gülüm. Erkekler metreslerine yaptıkları güzel konuşmayı eşlerine yapsalardı, eşini sevmeyen kadın kalmaz, demişti bir yazar da saçma, demiştim, şaşırmıştım. Meğer gerçekten güzel sıfat kadını dinlendiriyormuş bunu bana sen öğrettin teşekkür ediyorum.

— Sağol canım. Bana da Hazreti Muhammed Sallallahu Aleyhi ve Sellem öğretti...

* * *

Yıldırım'ı birdaha aramıyorum ya kendime belli etmesem de canımı içten içe sıkıyor.

Onu çok da özledim. Ama ölsem bile onu birdaha aramayacağım. Biliyorum o zaten aramaz.

Haklı çocuk ne diyeyim. Kahrımdan ölsem de bir çıkış yolum yok.

* * *

Ayşe'ye bir süpriz yaptım.

Güzel bir cübbe diktirdim. Ve karşısına çıktım.

— Nasıl, beğendin mi?

Ayşe çok şaşırdı. Neden o kadar şaşırdığını anlayamadım.

— Evet çok beğendim. Amma cübbe yakalı olur mu?

— Neden olmasın, cübeyi cübbe yapan yakasızlığı değil bolluğu, çağrıştırdığı hava. Ama dışı sahabe, içi harabe cübbeli olmasak. Ne yazıkki, sahabe kadar güzel cübbeliler olduğu gibi, içi fitne fucur, dışı sahabe gibi olan çok var. Amaaaaan varsa var be millet de iyiyi kötüyü ayırt edecek firaset gözü edinsin. İnsan bu işte hepsi düzelmiyor, ben napim.

— Çok güzel. Okula nasıl gideceksin?

— Okul için uzun gömlek diktiriyorum. Çok haklı bir söz söyledin, dar giyiyorlar diye kadınlara kızıyoruz, biz de dar giyiniyoruz. O günden beri hep düşündüm bu sözü.

— Ne mutlu bana.

— Neden?

— Eşini düşündürücü konuşmak ayrıcalıktır.

Ve ben o günden sonra, erkeğin İslam'a göre tesettür kurallarına riayet etmeye karar verirken Ayşe sordu:

— Televizyonda binlerce cübbesiz sahtekarları görenler, sokaktaki cübbesize kötü gözle bakmaz, fakat ekranda sahtekar bir cübbeli görseler, ertesi gün sokaktaki bütün cübbelilere sahtekarmış gibi bakarlar, öyle bir durum olursa kompleks etmeyeceğinden emin misin?

— O nasıl söz Ayşe! beni ihlassız mı görüyorsun?

— Hayır! ihtimaller her insan için vardır. Öyle değil mi?

Çok hoştu sohbetimiz.

Yıllarca kavuşmak için beklemiştik, ama iyi anlaşıyorduk.

Ah, bir de Yıldırım her aklıma geldiğimde beni öldürmeseydi, hayatım çok daha güzel olacaktı.

* * *

Kış geride kaldı. Artık yazın kollarındaydık. Ayşe'yle hazırlandık. Güle oynaya ilk defa kendi otomobilimle, sevdiğim eşim de yanımda olmak kaydıyla memlekete gittim.

Bizim mahalleye girdiğimde bir tuhaflık hissettim. Gittim-gittim baktım kalabalık bizim eve doğru gidiyor. Durdum birine sordum:

— Hayırdır. Bu kalabalık ne?

Sorduğum kişi yüzüme baktı... Tekrar baktı... Yüz hatları gerildi... Mahsun bir hal aldı yüzü. Beni ürküten bir haldi bu. İçim tuhaf oldu. Bir kötü haber sinyali aldı ruhum tekrar sordum:

— Bu kadar kalabalık neden bizim eve doğru gidiyor?

Soru sordum, ama cevap gelmesin gibi bir hal oluştu bende. Soru ile cevap arasında adeta beş yaş çöktüm. Adam, hüzün sarmış sesiyle damdan düşer gibi cevap verdi:

— Müftü öldü kardeş. Allah yakınlarına sabır versin.

Aman Allah'ım!

İnanamadım. Nasıl olur? Bir yanlışlık vardır! Ben babamı daha yeni yeni anlamış tanımıştım. Yeni yeni onu mutlu etmeye başlamıştım. Ne olur bu haber yalan olsun Allah'ım.

Değildi, yalan değildi.

Eve girdiğimde babacığımı yerde uzanmış, üzerine beyaz bir bez örtülü olduğu halde gördüm. Ablam, kardeşim annem baş ucunda hıçkıra hıçkıra ağlıyorlardı. Eğildim, yüzünü açtım. "şaka yaptım." diyecek diye bekledim. Ama hayır. Şaka değildi.

Babam buz gibiydi. Ve morarmıştı. Nefes de almıyordu.

Kulağına eğildim.

— Sen benim en candan dostum, arkadaşımdın. Ben sensiz ne yapacağım şimdi!

Uzun süre ağladım. Babamın ölümü bana çok ağır geldi. Öyle ağır geldi ki bunu anlatamam. Bu ağır acıma rağmen hemen söyliyeyim, Yıldırım'ın acısı çok daha yakıcıydı.

Babamın ölümü beni, annemi, kardeşlerimi derinden sarstı.

Koca dünyada kendimi yapayalnız hissettim.

Babamı defnettiğimizde yaşımı hesap ettim. Ona kavuşmama zahiren en fazla otuz kırk yıl vardı. O da çok çabuk geçecekti biliyordum. İyi ki ölüm var, dedim. Babama ölüm olşaydı da bana olmasaydı ne yapardım? Bu acıya nasıl katlanırdım?

Cenaze başında ben ve Hazar kaldık. Mezara kapandım yüksek sesle ağlamaya devam ettim:

— Babam! Canım benim! İnşaallah orada beraber olacağız sonsuza kadar. Allah'ım! Babamıza da bize de lutfundan ikram et.

* * *

Babam öleli on beş gün olmuştu. Eşimi ve Hazar'ı alıp babamın mezarına gittim. Onun mezarda olduğunu düşündükçe boğulacak gibi oldum. Sonra idrak ettim; o çoktan cennete gitmiştir. Ben yalnızlığıma ağlamalıydım. Gerçekte annem, kardeşim, eşim vardı, ama insan bir de arkadaş arıyordu candan ciğerden olan. Babam çok iyi bir arkadaştı bana. Mezarına çöktüm, çocuklar gibi ağladım:

— Babacığım! Canım babam! Artık sen de yoksun bu alemde, ben yapayalnız ne yapacağım baba! Sen benim tek arkadaşımdın. Şimdi koca dünyada arkadaşsız ne yaparım baba!

Omzumda bir el hissettim. Dönüp baktım kim bu diye.

Gözlerime inanamadım Yıldırım'dı bu:

— Musa! Canım arkadaşım ben varım ya senin arkadaşın. Kabul edersen ölene kadar senin arkadaşın kalırım.

Kanım dondu sanki. Gerçekten bu Yıldırım'dı. Kalktım, sarıldık birbirimize. Ağlaştık uzun-uzun.

— Kardeşim seni asla yalnız bırakmam.

Acılı günde insan çok saçmalıyor. Yıldırım'a ne desem iyi, Akif'ten esinlenerek;

— Ey benim kadim arkadaşım, benimle konuşman için babamın ölmesi mi gerekiyordu?

— Bazen acılar açar insanın ufkunu biliyorsun.

Bu arada kardeşime baktı.

— Yaa! Bak bunu bilmiyordum. Ben devam ettim.

— Gelişine ne kadar sevindim bilemezsin. Sen benim can arkadaşımsın.

— Buna çok sevindim.

Yıldırım devam etti:

— Kabul edersen hem sana hem de, bir Ömür boyu Hazar'a arkadaş olmak istiyorum.

— Acı ve sevinç göz yaşları birbirine karışmış halde çıktık mezarlıktan.

* * *

Gerçekten ölenle ölünmüyor. İçin yanıyor, ama yaşıyorsun.

Aylar sonra;

Düğün günü Yıldırım'a sordum:

— Tekrar nasıl Müslüman oldun? Çok merak ediyorum:

Yüzüme bakıp güldü:

— Zaten Müslüman'dım. Ama ölümümden sonra bunalım dönemi biraz zik-zak yaptım. Azıcık şüphem vardı. Onu da bir kelimenle düzelttin. Dört milyar tesadüf, tesadüfle dört milyar defa bir araya gelir mi, gelirse hayatın şifresi olabilir mi? demiştin ya işte o cümle bana yetti.

— O halde neden öyle terslikler yaptın? Dinden çıktım, dedin?

— Bilmem, senin biraz acı çekmeni istedim. "Uzakları affetmek kolaydır" sözüne çok sinirlenmiştim. Ben uzaklarda mıydım? Geri zekalı mahluk!

— Demek bana onca acıyı planlı verdin ha? Bunu sana sormaz mıyım!

— Ne yaparsın? Silahında kurşun kalmamıştır ki.

Gülüştük.

— Ha, Yıldırım, unutma, mahsuzcuktan da olsa ben dinsizim, diyen dinsiz olur. Sakın bunu bir daha yapma.

Din eğlence merkezi değildir, önce imtihan merkezlidir, sonra da onurlu insan kalabilme merkezidir.

Sonra duaya başladım.

Sen neye kadir değilsin Rabbim! diyerek. Emekler eninde sonunda işe yarıyor. Bu gerçeği bir kez daha gördüm. Rabbim! Kabul edersen ölene dek, sadece doğrular için senin yolunda senin istediğin tarzda çalışacağım. Ve senin izninle, kimseler beni ve hayatımı okuyanları aldatamıyacak, Ha, bir şey daha, eşime rağmen babama, "Ben sensiz kimsesiz kaldım." dememeliymişim, bunu kadın psikolojisini öğrendikten sonra öğrendim.

– SON –